蜀河往事

S H U
H E
W A N G
S H I

袁明秀 著

黄河出版传媒集团
阳光出版社

图书在版编目（CIP）数据

蜀河往事 / 袁明秀著. -- 银川：阳光出版社，2018.11
ISBN 978-7-5525-4546-3

Ⅰ. ①蜀… Ⅱ. ①袁… Ⅲ. ①散文集－中国－当代 Ⅳ. ①I267

中国版本图书馆CIP数据核字(2018)第253594号

蜀河往事　　袁明秀　著

责任编辑　靳红慧　林　薇
摄　　影　袁明星
装帧设计　晨　皓
责任印制　岳建宁

黄河出版传媒集团
阳光出版社　出版发行

地　　址　宁夏银川市北京东路139号出版大厦（750001）
网　　址　http：//www.ygchbs.com
网上书店　http：//shop129132959.taobao.com
电子信箱　yangguangchubanshe@163.com
邮购电话　0951-5014139
经　　销　全国新华书店
印刷装订　宁夏凤鸣彩印广告有限公司
印刷委托书号　（宁）0011508

开　　本　880mm × 1230mm　1/32
印　　张　8.75
字　　数　200千字
版　　次　2018年11月第1版
印　　次　2018年11月第1次印刷
书　　号　ISBN 978-7-5525-4546-3
定　　价　42.00元

目录

第三辑　青青子衿

序

蜀河往事，我们共同的过往

马新民

一直到动笔写这篇文字的时候，我都没有去过蜀河。

在安康工作生活的这些年，我走的最多的，就是西康高速公路。穿越长达19公里的终南山隧道，一路南行，两侧皆崇山峻岭，绵延不绝。高山之上，最令我惊诧的不是四时变幻的美景，而是山梁沟壑里蹲伏着的一幢幢孤零零的民宅。我曾不止一次地问过同行的司机：这些山脊上的人家，是靠什么生活的？

尽管听了很多的解释，我依然不明白，在大河之上，在高山之上，在几乎看不到一块平地的陡峭的山岭之上，这些山民是如何生活的。

直到有一天，我读到了袁明秀老师的散文《外祖父：不折的脊梁》：

外祖父扛着麻袋，满是肌肉的小腿挪移着，我清晰地看得见外祖父稀疏的花白头发被汗水浸透，一滴又一滴的汗水，顺着头发梢儿，滴落在他的脖子上，额头上的汗珠，像一颗颗透明的黄豆，一滴又一滴落在他的胸前。

外祖父的身体被麻袋压得弯成一只大弓，经过我和小姨的面前，他努力地看我一眼，这一看，我惊讶地发现，外祖父的大眼睛向外凸得更厉害了，也显得分外大了。外祖父看我们的时候，目光里写满了挣命。

这是袁明秀老师的新作《蜀河往事》里最打动我的一段文字。“挣命”这个词真好，犹如一颗子弹，一下子射中了我心中长久的疑惑。对，是“挣命”，为了生存，为了发展，拼命地挣扎，拼命地劳作。不管有没有平地可以耕作，有没有清流可以灌溉，只要有了“挣命”的精神，就可以活着，就拥有未来！

“问苍茫大地，谁主沉浮？”四季轮回，春秋迭代，无论时代如何变迁，蜀河古镇以及这大山深处无数村镇的脊梁，从未被压折，主宰沉浮的，永远是“挣命”的不屈的灵魂。

这些顽强地拼命地生活着的人，在大山深处的汉江之滨，创造了商贾云集人文鼎盛的过往，挺过了动荡飘摇繁华不再的昨日，演绎了无数故事，沉淀了无数回忆，凝结成了这本温暖沉静的《蜀河往事》。

在《蜀河往事》里，我们共度了青石小巷里悠远的旧时光，品尝了外焦内酥的马家烧饼，体验了“烧狮子”的烈火与狂欢，参与了“蜀河八大件”的制作过程，享受了眼眸与唇齿间的蜀河风情。

在《蜀河往事》里，我们看到了黄州馆的富丽堂皇，欣赏了杨泗庙的歌舞风华，俯瞰了汉江码头的熙攘繁忙，目睹了核桃树下贫困而又温情的童年。

但是，最打动我们的，还是那些平凡而又鲜活的人，那些流动在庸常生活里的亲情和友情。

那个一直要等到家里所有的人都吃饱之后，才给自己舀一碗饭，就着桌上的剩菜吃饭的外祖母。那个一次只买几颗糖，自己不吃，把一颗颗糖全都装进我的衣服口袋里的小姨。那个用一截一截的线头日日夜夜地给家人织毛衣的三姨。那在自家廊檐下支起大锅，叫卖牛羊杂碎泡锅盔的回族老汉。还有那起早贪黑磨豆腐的汉子、挑着担子走街串巷卖豆腐的妇人。所有的人间深情，都如同那水雾弥漫的河流，生动而美好。那些人，那些事，是袁老师生命里的灯火，也是我们无数人生命中的亮光。他们，就是我们的祖母、小姨，就是我们故园生活里的乡里乡亲。《蜀河往事》里那些闪光的记忆，照亮的，是我们共同的过往。

感谢袁明秀老师恬淡静美的文字，带着我神游蜀河。尽管至今尚未游历，但去或者不去，已经不再重要。因为，古镇的风物已然刻在了我的心里。

走进《蜀河往事》，走进我们自己。

马新民，特级教师，历任广东省东莞市教育局教研员，东莞市中学语文教研会会长，光正教育集团副总经理，北师大翰林实验学校总校长等。现任安康市高新中学总校长。

自序

我有家乡，在水一方

蜀河，是一条河的名字。发源于湖北省郧西县，属汉江一级支流。

蜀河镇，因为这条河而得名。

巍巍秦岭的余脉在北，绵绵巴山的余脉在南，滔滔汉江，就从这两条山岭间漫漶而过 。

蜀河镇，正是位于蜀、汉两水交汇之处，位于陕西省旬阳县境内，地处两省三县交通枢纽，西达川汉，北上关中，南下鄂西，东进中原，是汉江上游重要的物资集散地和商贸重镇，自魏晋以来，始终保持着兴盛发达之势，素有“小汉口”之美称。

清末，商品经济日趋发展，湖广移民大量迁入蜀河，汉江黄金水道进入鼎盛时期。一时间，商贾云集，蜀河成为一个开放的口岸。

1975 年的一天，一列火车从汉江南岸的襄渝铁路呼啸而过。

1986 年的一天，一队汽车从汉江北岸的 316 国道上穿过。从此，兴盛了数百年的黄金水道衰败了。

蜀河，像一位日薄西山的老人，佝偻着苍老的身体，怅望汉江。

母亲的娘家在蜀河。小时候，因为家里很穷，在我很小的时候，我就被父母亲寄养在我的外祖父家。我在建于明清年代的老屋里长大，又在那座古镇上读完了高中。那里，是我安放灵魂的地方。

与我而言，古镇的里面是一个世界，古镇的外面，是另外一个世界。

一座千年古镇，就这样把我的生活，劈成了两半。

我凭借读书这条路，像一只风筝一样，飞出了古镇。飞出去之后，我才知道，古镇之外，还有更大的市镇。我所有的努力，就是希望飞得更高、更远。

操纵风筝的这根线，拽在我的双亲手里。

风筝上溅满了我的汗水、泪水，以及心血。

当那些汗水、泪水以及心血被岁月风干之后，就变成了我的文字。

这些文字，有小巷深深深几许的古镇风韵；有保存完好的明清时期民居瓦楼上摇曳的野草的曼妙姿态；有鞋底丈量青石板铺就的巷道的轻快敲击声；有挥之不去的儿时记忆；有夕阳下古码头上千帆林立的剪影；有血浓于水的骨肉亲情；有诉不尽的对亲人的思念；有难以复制的古镇“回民八大件”；有永远也走不出古镇的“春节烧狮子”；还有高飞的风筝眼中那一道道行走的风景。

于是，写作成了我的自我救赎。

外面的风，是这座千年古镇无法挡住的，古镇能够挡住的，只能是光阴。

写作，不能够留住光阴，却成了我与留不住的岁月对话的通道。

我始终相信，相信文字是有生命的。

CHAPTER 1

第一辑

昔我往矣

桅杆林立的古码头

《诗经 · 小雅 · 大东》曰："惟天有汉，监亦有光"。诗经中的汉，指的就是汉江，它地处中国腹地，有人称它为东方的多瑙河。

新石器时代以后，这里因为水陆交通的发展而成为南北文化交流的通道，各种不同的文化在这里融合，特别是进入春秋战国时期后，中游地区作为中国南北政权的政治分界线，南北文化的交锋在此显得更加活跃。而今，它又是南水北调工程的水源地，是我国为数不多的，没有任何污染的河流之一。

汉江，是一条了不起的江，蜀河，正处于汉江上游地段，襄渝铁路开通之前，安康水电站建成之前，它是一条无比忙碌的大江。

蜀河口的人们，把这条无比忙碌的江称它为"大河"，把穿镇而过的蜀河称"小河"。小河与大河交汇的地方，水域特别宽阔，码头，就在两条河交汇的不远处。

黎明，面临汉江、背靠绝崖的蜀河码头沐浴着晨光，整个码头都被氤氲着鱼腥味的水汽包裹着。

从汉口西上的货船，从安康、汉中东下的货船，停泊在这里，江面桅杆林立，船头货物堆积如山。它们永远没有腿，它们永远不间断地停泊，永远不知疲倦地扬帆远航，繁复、忙碌，永远给人带来最直接的震撼和愉悦。汉江，像是一位矜持的少妇，丰腴、内敛，更像是一位温情的母亲，宽广、博大。江水水量充沛，水质清澈，颜色碧绿，码头，打着旋儿缓缓流动的江水，更像是一潭深不见底的绿色的海洋。站在码头上，朝雾茫茫，暖红色的太阳正从东边的山峦缓缓升起，没有霞光万丈的亮光，在江水雾气的蒸腾中，一切都显得宽广、热闹，充满活力、充满希望。

很快地，货船上、码头上、铺满鹅卵石的街道上忙碌起来。

镇子是依山而建，无法行车。后街和后坡上古朴的民居建筑高低错落，风格各异，河卵石铺街，木屋为舍，宛如一幅依山展开的古朴画卷。身临其间，有一种时光倒流回到从前的感觉，仿佛置身世外。

蜀河搬运队的工人们，肩上早已披上搭肩，他们要把从山外开进来的船只上的瓷器、食盐、白糖、绸缎、肥皂、煤油等日用百货卸下来，有些货物需要肩挑背扛，有些货物需要两人用手臂粗的抬杠两两合作抬到镇子后街的货栈。也要把存放在小河东货栈的当地山货土特产油桐、药材再肩挑背扛，两两合作抬到开往武汉、安康、汉中的船上去。

朝阳也洒在铺着鹅卵石的街道上。

街道两旁是一间挨着一间的带有明显南方建筑特色的木质结构楼房，每间隔一定的距离，就会有一条条伸向主街道两边的幽深的小巷，小巷的隔墙便是风火墙了。木质结构的屋顶清一色铺着青瓦，还有的铺着青石板，门面全是木板，开门时将木板一块一块地卸掉，关门时又将木板一块一块地装上。木板门内外，有开杂货铺卖日用百货、针头线脑、锅碗瓢盆的，有专营盐茶副食、油盐酱醋的，有裁缝坐镇经营布匹、定制成衣的，有支起大锅专卖牛羊杂水泡锅盔的，有烟雾缭绕、香气四溢炸麻花儿的，还有起早贪黑磨豆腐的。

安详、和善的老人，坐在木板门外的廊檐下，掰馍、泡馍、剥大蒜，从从容容、一丝不苟。胸前端着用竹子编成的豆腐筐子来买豆腐的奶奶、大婶儿，温婉、平和。站在烧饼店前，等待一面沾有芝麻的酥脆烧饼出锅的小姑娘，清纯、安静。递上不用找零的一卷钱买一捆麻花的叽叽喳喳的孩童，顽皮、可爱。晴空下，古镇演奏着一支晨曲，一切都充满了令人欣悦的生命力，一种古朴之美所产生的愉悦。

在铺满鹅卵石的街道上，在卸掉门板的木楼里外，夹杂着各种香味的空气中，孩童蹦跳的踢踏声，大人互打招呼问候声，母鸡的咕咕声，奏成了古镇上才有的晨曲。

在我孩童时代的夏天，见惯了蜀河这样的早晨。整个古镇上的人都是早早就起来，从清晨到黄昏，靠近码头的前街街道永远都是这么忙碌，永远都是这么人声鼎沸。

镇子中街上，有一间门面最大的商家，那就是镇供销社的门市部。

供销社永远是引领古镇时尚前沿的一面旗帜。计划经济时代，它是小镇上让所有的人高山仰止的单位，能在那个单位谋职，是一个相当不易的事情。在那里，可以买到任何自己想要的东西，那里经营的商品应有尽有。

在我孩童时代，我小姨是一个面目清秀、身材苗条、性格活泼的少女。她常常拉着我的小手来到供销社，用自己攒下来的私房钱给我买糖吃。小姨买糖，一次只买几颗，自己并不吃，她蹲下身子，把一颗颗糖全都装进我的衣服口袋。我把小姨装进我衣袋里的水果糖拿出来一颗一颗地数，一颗一颗翻来覆去地看，等到看够了，再在里面挑选出一颗攥在手上，这才把其余的糖又放进衣袋，我用自己孩童的小手从外面按几下，知道它们好好地都在里面，这才松手。我把挑选出来的那颗糖拿在手上，剥开裹在糖粒外面的一层好看的印花纸，左手捏着剥下来的糖纸，右手的大拇指和食指紧紧捏住糖粒，把它放在唇间，用舌尖贪婪地舔一舔，等到舌尖的香甜淡到无味，再伸出舌尖舔一舔嘴唇。等到嘴唇上的香甜也淡到无味，这才把糖粒又送进唇间。每一粒糖，我总是舔几口，再把它小心地重新用糖纸包裹上，装进自己的衣袋。

供销社里卖的布匹，永远是最吸引镇上大姑娘、小媳妇们的眼球的。小姨拉着我的小手，常常长时间地站在货架和柜台前，望着让人眼花缭乱的各色花布，眼睛发亮。

我也望着让人喜欢的一匹又一匹的花布，我站在那里想象着，美若天仙的小姨穿上花布做成的衣裙，该是多美！

到底，好看的布做成的裙子没能穿在我小姨充满青春活力的身上，相反地，一条丝绸质地的红色童裙穿在了我身上。我至今都能清晰地记得这种红，是那种鲜亮的大红，满眼的喜庆，穿上它走在街上，常常会引得街坊邻居啧啧赞叹，她们问价，她们用手摩挲裙子的丝绸质地，她们赞美裙子，也赞美穿裙子的小女孩。这是我生命中的第一条裙子，穿着它，我时常在外祖母家门口的小小院落里转圈圈儿，低头看它飘起来，想象它是一团燃烧着的晚霞。

蜀河与汉江交汇处，是一片无比宽阔的河滩，河滩上，布满了大大小小的鹅卵石，光着脚走在河滩上，浑身的每一个细胞都愉快起来。蜀河岸边是一片柳树林，风吹动柳树，柳条摇曳，婀娜，温婉。汉江两岸，是绵延不绝的青山，碧绿清澈的汉江缓缓东去，江面上不时有白鹭展开双翅优雅地掠过，偶尔会停在江边的河滩上悠闲地觅食。风从江面上吹过来，太阳的余晖从江水的尽头泼洒过来，把半个天际烧得通红，把整条江面也染得通红，江边，洗衣服的女人，戏水的孩童，码头上往来的船，高高耸立的桅杆，还有凭借自己的双肩扛起船只上货物的搬运工，全都镀上了一层金黄色。夏天的汉江边，有一种难以言说的美。

小姨经常会在余晖未尽时分，提上一大竹篮衣服来江边洗。江水很清，浅水处，河床上的沙子、石子清晰可见，江中游鱼小虾皆可以计数。小姨教我学她的样子，挽起衣袖和裤腿，脱掉鞋袜，陪我在水边捡石子，打水漂，我们拉住手绢四角捕小鱼。

我小的时候，少言寡语，任凭外祖母家的邻居或是街上的熟人怎么逗笑，我就是不开口，但是，我对美的感受能力一点儿也不差。我的眼睛是汉江教我睁的，我对美的感受，就是在这个无比宽阔的河滩上形成的。碧绿江水的优美，照亮了我的双眼；残阳如血的凄美，忧伤了我的内心；不远处桅杆林立的壮美，给我插上了一双隐形的翅膀。

年幼的我，如何懂得稼穑艰难，又如何掂量得出外祖父肩头上生活的重量。

小姨要清洗的衣服里，最多的是外祖父换下来的被汗水浸透了的搭肩和衣裤。此刻，我在水边感受大自然带给我无比美感的时候，我的外祖父正往返于桅杆林立的码头与货栈之间，外祖父和他的四十个工友们瘦削的双肩，一头担起的是古镇的繁华，一头担起的是全家人身上的衣服，口中的饭食。

1975年的一天，一列呼啸而过的火车从码头五公里外的南岸呼啸而过。

1986年的一天，一队疾驶的汽车从316国道穿越蜀河。从此，兴盛了百年的黄金水道衰败了。

想象着四十多年前的汉水，它流过古镇，它的码头，曾林立着数不清的桅杆，在它的两岸，绵延着重重叠叠的秦岭余脉和大巴山的余脉，她像一条通道，一头连接着山外的文明与进步，另一头连接着古镇的古朴与典雅，那该是怎样的一种兴盛与恬静？

小巷：走进悠远的旧时光

妹妹的家，在镇外水电站旁边。每一年的暑假，我都会去妹妹家小住几日。

夜里，下了一场大雨。这场大雨，极大地缓解了白日的暑气。清早起来，看见远远近近、高高低低的树，颜色绿得耀眼。空气中，饱含着水汽，甜润、清新，直抵肺腑。呼吸着无比甜润清新的空气，人的精神也就格外爽朗了。

想象着在这样的清晨，走在青石板铺就的后街上，该是怎样的一种美好意境！立即动员妹妹，陪我一起去后街走走。

临汉江、临蜀河的前街上，商家播放的歌曲声，高音广播夸张的广告声，匆匆而过的行人，穿梭往来的车辆，拥挤而喧嚣。

我和妹妹，带着小外甥，我们不约而同地选择了从中街行走的路线。

大雨过后的中街，青石板铺就的街道越发显得古老、洁净。街两边古楼的木板和镂空的旧式木窗，越发显得厚重；门楣上写有“清真”字样的招牌，也越发金光闪闪。

在这个面积不足五平方公里的小镇上，它几乎完好地保留着

从明到清，旧时陕南的最后一缕呼吸。推开任意一扇木门，光阴都会从明砖清瓦间倾泻而出，它们都带着穿梭千年的古老故事，徐徐向人们走来。

一家挨着一家的店铺，一律卸掉门板，经营熟食的店家，一律把灶台修筑在宽阔大气的屋檐下，屋内摆放着整齐、洁净的桌椅。煮饺子、煮扯面的大锅里，氤氲着醇香的热气，将店主严严地裹住。烧饼铺飘过来干苜蓿特有的香味，两面微黄的烧饼，刚刚出炉，就已经被等候在炉子旁边的人用竹筐子端走。

站在烧饼店前，因为痴迷于微黄烧饼散发出来的干苜蓿的香味，我的双腿迈不开了。

少年时代，我就在镇子对面的小河东读高中，寒冷的冬夜，下晚自习后，在学校附近吃一个滚烫的、两面微黄且带有干苜蓿香味的烧饼，成了一件极其奢侈的事情。甚至幻想过，等我长大了，自己能挣钱了，一定天天买蜀河烧饼来吃，不光自己吃，还要给家里所有的亲人吃。

中街中段的烧饼店，一共有三家，我停留在马家店前，门楣上，一块墨绿底色的长方形木板上，分别用汉语、英语写着“文喜烧饼店”几个大字。店主姓马，五十多岁，夫妇俩经营着这一间烧饼店，一大团面团早已被男主人揉成表面如丝绸般光滑。切下一大绺面，团匀后擀成一个大圆，在大圆上均匀涂上配好的褐色调料，蜀河烧饼的秘密，全在这薄薄的一层调料上了。把大圆紧紧卷成一个面筒，在洒着薄薄一层干面粉的大案板上，双手只需把

面筒这么潇洒的抓起来一捋，左手捏住粗面筒，右手利索地一揪，再一揪，一个个大小匀称的小面团就摆满案板，团面团，擀面团，就这么片刻的功夫，一个个烧饼坯子就整整齐齐地摆放在案板上了。女主人有条不紊地把生的坯子放在涂有薄薄一层菜籽油的铁鏊上，要不了多久，生坯的一面变成微黄，翻面，等另一面也变成微黄，挪开铁鏊，把两面微黄的烧饼放进火炉里面烤，再把火炉里面烤熟的烧饼夹出来，放在灶头的一个大竹篮里。一批批生的烧饼坯，就这样前赴后继，继往开来，不断地“推生出熟”。

刚出炉的滚烫的、两面金黄的烧饼，散发出来的麦香味儿和干苜蓿味儿，成了蜀河特有的一种味道。

我站在灶台前，一边欣赏主人打烧饼，一边耐心地等候滚烫的烧饼出炉。两面金黄的烧饼终于捏在我的手上了，我顾不了斯文，就站在街边，迫不及待地掰下一块，外焦内酥，一股淡淡的麦香，和着一股浓郁的干苜蓿香迎面扑来。咬上一口，外壳儿的酥脆，内心儿的松软，刹那间，和少年时代有关的记忆，就在这瞬间潮水般铺天盖地朝我涌来，禁不住泪水盈眶。

我们三人在中街中段选了一条幽深的小巷进入后街。

这一条条幽深的小巷，仅仅能容得下两个人并行，它们是两道高高的风火墙之间连接前街、中街和后街的通道。三条街道以及街道上的房屋，依照山势，呈阶梯状并行排列，越往后街，山势就越高，环境也越幽静、安闲。

明清时代的青砖墙、灰瓦屋顶、屋檐上蓬勃的野草、青石板。此时，还是清晨，雨后的后街才刚刚苏醒，我的高跟鞋敲击在厚重的青石条铺成的台阶上，发出清晰的“嗒嗒”声，这声音让我产生一种罪恶感。是我的高跟鞋，破坏了后街幽静的清晨。

纵横交错的小巷，宽的可容两个人并行，窄的，只能容得下一个人通过。小巷两边青砖灰瓦木门的房屋，全都笼罩在晨光中，瓦楞上的野草，在晨风中摇曳着，给人以最细微的震颤和愉悦。

不知是谁家的木门发出悠长的“吱呀——”声，旋即从双扇木门里蹦出一个揉着双眼、身着短袖短裤的小男孩，脚上的塑料

凉鞋在青石板上发出急促而清脆的“啪啪啪”声，男孩儿朝不远处仿古建筑的公厕跑过去，我看见，双扇木门里面的小院儿笼罩在一片葱茏之中，里面传出来一个年轻妇人婉转柔美的蜀河方言：“你上完厕所赶紧回来洗脸刷牙哦。”

逐渐，小巷出现了提着菜篮子的老人，用柔软的蜀河方言和妹妹打着招呼。就在这扇对开的大木门隔壁，高高的青砖上顶的院落外墙让我的眼前一亮。这座院落比四周围的房屋明显高大、气派，高大的双开大木门差不多有三米高，木门的颜色呈深褐色，木门上装饰有古铜大门环，左扇门腰上，是两只并排的粗壮铁环，右扇门腰上是一根大拇指粗的铁棒，一把黑色的大铁锁挂在横跨两扇门腰的铁棒上。高高的廊檐下，挂着一盏盏古香古色的玻璃灯笼，每一个玻璃灯罩上都写有“恒玉公栈”字样。和妹妹说话的老太太，一边和妹妹说着话，一边掏出衣服口袋里的钥匙，站

在高高的石阶上开门，客气地招呼我们进屋坐坐。老太太一举手、一投足，处处彰显着一个大家女子的范儿。我搭不上话，被大门右边的墙壁吸引了，一面褐色木牌记录着这座大宅门的前世。木牌上书："恒玉公栈"是康乾时期，关中柳姓客商（恒玉公、恒玉老）前来蜀河挂牌的商业字号，仆役达百人之多，当时蜀河有"柳氏半条街"之说。

眼前这位年过七旬的老太太，这座大宅门里的女主人，难怪举手投足非一般老人了。

我们微笑着与大宅门的女主人告别，继续行走。后坡的小巷，我走过无数次，每一次走过的感觉都不一样。因为，在后坡，有保存完好的明清古建筑102处，这其中，除了有名的古建筑黄州馆、杨泗庙、清真寺，多数是普通民居。在小巷里行走，一不留神就踩上了一段故事，故事中，有寻常百姓的爱恨情仇，也有商贾宅门的风云变幻。

就在这纵横交错的小巷深处，至今还完整地保留着一座"王公馆"。这是一处三进式清代四合院，相传是冯玉祥部下的一名王姓团长修建。

买早点回来的小孩儿，奔跑在小巷里，发出"啪啪啪"的脚步声，坐在自家门口的竹椅子上，身着短袖，手摇蒲扇，慢慢品茶的老人，脸上的表情平静而又安详。

晴空下，站在青石砌成的坎儿沿向远处望，脚下灰色的瓦屋顶宛如一幅幅质朴的水粉画，绿幽幽的汉江从镇子西侧悠悠流过，瓦屋顶，江水，小河对岸的高楼，汉江南岸的青山，全都笼罩着一层淡淡的白雾。一切，都充满幽静、安闲之美，这种美，最能让人产生一种隔世之美，最能让劳累的身心得到放松。

在我幼年时代的夏天，我小姨时常带着我走在脚下这一条条纵横交错的小巷里，整个后坡的小巷里，家家户户吃饭的时刻差不多，人们喜欢用一只很大的搪瓷碗或瓷碗盛满饭菜，或蹲、或坐在各自门前的青石阶上，呼呼噜噜吃饭，也把筷子伸进彼此的碗里，分享着别人家的美味，评价彼此饭菜的味道，一边谈天说地，一边享受着食物与时光。

机灵古怪的小外甥张煜七拐八拐，把我们带到了蜀河最有名的清代建筑黄州馆前。娃娃说，要带我参观黄州馆，要给我当义务解说员，讲解黄州馆。为了保护娃娃的兴致和自豪感，我忍住笑，一本正经地表示接受娃娃的美意。

黄州馆高大厚重的木门是虚掩着的，张煜在征得他妈妈的允许后，跑上高高的青石台阶，用尽力气推开了足足有三米高的朱红色的大门，连蹦带跳登上了大门里高高的青石阶。

重新站在这座幼年时代就熟悉的会馆前，我竟然敬畏得不敢上前。

黄州馆：穿越时空，看一场前朝舞者的盛舞

黄州馆，清代乾隆中叶由湖北黄州客商建立，是陕南规模最大、最具代表性的会馆杰作。黄州馆又称护国宫。远观气势恢宏，近看细节精致，无处不透着当时会馆的精雕细作与繁华景象。黄州馆由门楼、乐楼、拜殿、正殿构成。门前和台阶上有对称的石狮和抱鼓。中柱、边柱以及次楼均为砖砌，砖面模印有阴文楷书“黄州馆”三字。牌楼与乐楼巧妙相接，浑然一体，其设计之精心，构筑之巧妙，不可多得。乐楼为高台建筑，前台不设山墙，观众可以从正面和两侧观看演出，楼上有金匾一幅，楷书“鸣盛楼”三字，相传为武昌某状元所书。拜殿在正殿之前，与正殿均为硬山式顶。

黄州客商有四种大型活动需要在黄州馆举行：一是召开年会，商讨黄州客商一年的生意大事，进行科学决策；二是通过每年定期举办广交会的形式，洽谈生意，签订订货合同，把生意做大做强；三是举办大型的文艺演出活动，活跃黄帮会员精神文化生活；四是开展黄帮的各种庆典活动。

黄州会馆建设得如此精雕细作，富丽堂皇，美丽壮观，气

派非凡，则主要是显示黄帮生意兴隆、实力雄厚、势力强大、领军蜀河商场的主导地位。

这座会馆是清代中期以后移居蜀河的湖北黄州籍客商建造。据现存光绪元年（1875 年）碑记推断，其始建年代约为清代中期，后经分期造作，至同治十二年（1873 年）全部建成竣工。该建筑座西北面东南，自前至后依据地形作台阶式上升，现存主体建筑门楼、乐楼、拜殿、正殿皆以中轴线为基准，层次分明，结构严谨，基本保持我国传统的宫殿建筑布局，被认为是陕南规模最大、工艺最为精美，且具有典型南方风格的宫殿式建筑。2003 年 9 月 24 日被陕西省人民政府公布为第四批省级重点文物保护单位。

这座会馆，同时展现了蜀河厚重的历史文化积淀。木板楼、木棱窗、青石板路面历经几百年仍然古色古香，保存着原始的风貌。

小张煜从侧面的木梯“蹬蹬蹬”上了“鸣盛楼”，娃娃站在舞台中央，冲着我和妹妹唱着学校里老师教唱的歌曲，一时间，娃娃的身影给人一种错觉，使人感觉穿越了时空隧道，恍若看见了翩若仙子的前朝舞者。

杨泗庙：凝固的不老情歌

古码头的正北方，高高的山崖上，坐落着蜀河杨泗庙。在我看来，这是一个最有故事的建筑。

因为，它坐西向东，背依山坡，南临汉江。站在庙前的石坎上，迎面就能看得见从汉口逆流而上的船只，这庙宇，就像是一个多情的女子，站在高高的山崖上，不知疲倦地唱着不老的情歌，等待她的郎君平安归来，无论春夏，也无论秋冬。

这座庙始建于清朝道光年间，为清代蜀河“船帮会馆”，庙内所存同治六年（1867 年）和光绪八年（1882 年）的保护船户利益的石碑为证。现存主要建筑有上殿、拜殿、乐殿、戏台和门楼，另有朝阳古洞遗迹，菩萨庙建筑风格为南方建筑特色。这座建筑，虽名为庙，实为船帮会馆，因其内供奉船工始祖杨四爷，故取名“杨泗庙”。

清初以来，商品经济发展迅速，商贸流通发达。因蜀河是汉江上游重要交通要道，所以成为陕南最大的物资集散地之一。南货至此北上柞水直至西安，北货至此装船南下至老河口到武汉等地。水运极为兴盛，船楫连接数里，日泊大小船只百余艘。于是，船主和船工集资在蜀河口修建古雅壮观的“杨泗庙”，作为议事和来往聚会、休息场所。又因汉江滩多险急，各类船只到此停驻，至杨泗庙祭拜杨四爷以求来往平安，一帆风顺。

杨泗庙门楼有牌楼装饰，正门两侧嵌贴青瓷对联一副，我和妹妹，还有张煜，我们三人费了好大的力气，才读通顺了这副楹联。上联是“福德庇洵州，看庙宇巍峨，云飞雨卷岿屹立”；下联为“威灵昭汉水，喜梯航顺利，浪静波平任遨游”。

因杨泗庙是“船帮”乞求神佑之地，所以，戏楼又名“明德楼”。妹妹说，相传每年六月初六，汉族人都要在这儿举办杨泗庙会，院内搭台唱戏，上演汉剧等各种地方戏剧，热闹非凡。同时，又是当地群众物资交流场所。

正殿居中原供有杨四爷神像一尊，身高丈余，煞是威严。殿内有石碑为清光绪八年（1882 年）《旬阳知县严谨埠头讹索船户告示碑》，由“公议船行”王德义及“值年首人”朱贵等人镌刻的旬阳知县王敬铸“批令”照准的水手遇难善后准则，从内容上也可明显看出杨泗庙的历史作用及当时蜀河水运、贸易之繁华。

戏楼右侧有二洞，是在崖壁上开凿出来的，大洞内供奉西方三圣、观音，小洞中仅供奉着杨泗的牌位。洞壁上有石碑二通，一通同治年间的《重修朝阳古洞志碑》。石碑上文字记载：朝阳古洞修于明代弘治年间，重修于清同治年壬申年菊月。当地文化学者陈明一说小河东也有过一个杨泗庙。那个时候，船队出行的时候都要用竹竿挑一大挂鞭炮，然后船工要三叩首，祈求水神的

保佑。

2011年，旬阳县文物部门对这座陕西省文物保护单位进行了两次抢救性修缮。

无论是青石板铺成的长长巷子，无论是鳞次栉比、白墙青瓦的高大宅院，无论是工艺精湛、建筑考究的清真寺、黄州馆、杨泗庙，也无论是保存完好的、嘉庆六年修建的为抵御白莲教起义而建的西门，它们都是蜀河这个地域的文化符号。行走在这些被深山包围中的古时小巷，将人带进一个隐藏了千年的幽静小镇，浑然不觉已经经历了上千年的时光。

外祖父：不折的脊梁

蜀河镇依山傍水，沿水边建造的房屋，吊脚楼伸进了汉江水和蜀河的水里，依山建造的房屋背靠着山体，形成了阶梯状的房屋建筑，阶梯状的小巷呈辐射状，从河街通向山腰的后街，街道和小巷不能行车，几乎成了蜀河镇道路的特点。

自从蜀河商贾云集，小镇成了汉江上游最繁华的码头，货物中转的重任，就历史性地集中在了这样一个群体身上，这个群体被蜀河本土人叫做“脚子帮”。

“脚子帮”，就是搬运工。他们的工作就是把从山外来的货船上的煤油、食盐、布匹、瓷器、茶叶、洋火、红糖、白糖等日用品，从一条条船上，搬运到后街的贸易货栈，或者搬运到小河东的货物中转站，然后，再把当地产的桐油、生漆、药材、木耳、核桃等土特产搬运到货船上去。就这样，搬运工把一座座小山从船上搬运到岸上，再把一座座小山搬运到船上。日复一日，年复一年，无休止地重复着同一个工作。

码头边上的街口，是河街的起点，蜀河口人称它为“下街”。下街上，有一间狭长的门面房，进深有十米左右，房子的大门，

也是一排可以拆卸的木板，这排木板门和左右邻家没有区别，只是，这间屋子里面没有任何家具摆设，有的只是并排摆放的人力架子车，大门右侧挂着一个白底黑字的长方形木板，上面书写“旬阳县蜀河搬运队”。那时候的搬运队，是一个集体企业，有工人四十余名，这四十余名工人，以中老年汉子居多，且彼此之间都有血亲关系，有很多工人还是父子、兄弟、祖孙的关系。

我的外祖父王兴功，我的舅舅王自江，就在这个搬运队里工作，外祖父、舅舅和他的工友们，就是凭借自己的双肩和脊背，在这个热闹的码头上讨生活。

我幼年时代，我的外祖父五十多岁，中等个子，身体极瘦，他脸上瘦得几乎看不到哪怕一小坨肉，皮肤是松松垮垮的，法令纹附近的皮肤也是懒洋洋地垂落着的，唯独眼睑上的皮肤不显得松弛，外祖父的眼睛很大，而且，像金鱼的眼睛一样向外突出。因为长年累月在码头上扛沉重的装有货物的麻袋，有的麻袋甚至有100公斤重，外祖父的背微微有些驼，神情有些漠然，不苟言笑，是最典型的搬运工形象。

我的外祖母，是一位有着爽朗笑声的、富态的、慈祥的、大眼睛的老奶奶，我从小就跟她生活在一起，对她依恋的情感，在幼年时代，甚至超过了我母亲。

外祖母从小裹脚，在她的脚还没有裹到三寸金莲这个旧时广大妇女标准尺寸的时候，霹雳一声震天响，裹脚习俗彻底破除，我外祖母的脚裹得不到火候就解放了。外祖母解放了的双脚把四个脚趾裹在了脚掌下，加之身体富态，所以，走起路来摇摇曳曳，非常有韵味。

外祖母生活的天地就是她和外祖父辛苦大半生营造的家。我在外祖父家生活的时候，我的大姨已经出嫁了，大姨的婆家姓马，就住在马家坡更高一些的山坡上，大姨从小对做饭的悟性特别高，从小就受到外祖母的影响，做得一手好茶饭。

我的三姨，是一个皮肤黝黑的俊俏女孩，大大的眼睛，棱角分明的脸庞，适中的身材。三姨性格内向，平时也不苟言笑，但是她的心思却是非常的细腻，平日里就在镇子上给有钱人家或者是单位里做零活，所挣的每一分钱，全都交到了外祖母手上。三姨的那双手，我到底也没有明白，怎么就那么灵巧，也没有什么人教，就能把最不起眼的线团织成一件又一件漂亮的毛衣。三姨舍不得买整团整团的毛线，她在小摊前淘回一截一截的线头，完全不需要设计，就能从她手中的毛衣针流淌出来各种漂亮的图案。只要是没有活干，三姨就在她和小姨的小屋里，低头织毛衣，三姨给外祖父和舅舅织，他心疼外祖父瘦小的身体，她心疼舅舅小小年纪就在搬运队扛麻袋讨生活。三姨还给自已织，她把少女美好的梦想，一针针、一线线，全都寄托在了多色杂线拼接起来的漂亮毛衣上。

我的小姨，一个和我三姨性格迥异的美丽女孩儿，大眼睛，高鼻梁，苹果脸，还特别爱笑，笑声还特别清脆。虽然，我小的时候不爱笑，但是，我特别爱听小姨笑，听小姨的笑声，简直就是一种享受。小姨是外祖父家中的快乐小天使，因为在家排行老幺，从小就受到溺爱。尽管从小受溺爱，可小姨一点也不娇气，小小年纪就和三姨一样，在镇子上给人家做零活。小姨做零活积攒下来的小零钱，多数是花在我身上的。

外祖父家中，除了出嫁的大姨外，还有这么一大家子。外祖母的工作，就是永远也没有节假日的、给自己的家人买菜、做饭、缝补浆洗，照顾一大家人的生活。

很多时候，小姨没活做的时候，外祖母总是使唤小姨到码头上去。外祖母使唤小姨到码头去，就是要小姨帮助外祖父搬运麻袋，每每这样的时候，小姨总喜欢拉着我的小手，带我一起去码头。

码头上永远有来不尽的船只，也永远有走不完的船只，一条条大船来了又走了，走了又来了。大船上下，永远有搬运不完的货物，刚刚搬空了的大船，要不了半天，又被搬上船的货物充斥的满满当当的。大船停泊的水域，碧绿的江水深不见底，船只在深深的水面上，轻轻地荡漾，空气中弥漫着江水略带鱼腥味儿的气息，江面吹来千年的风，裹挟着各种货物散发出来的原始气味，沉重而又迷蒙。

外祖父和舅舅，以及他们的工友们，就在大船与后坡的货栈之间不停歇来来往往。

外祖父的肩上披着一件褡裢，这褡裢是外祖母一针一线缝起来的，针脚密密匝匝，它的主要功能就是保护外祖父的肩颈和后背，不至于被麻袋压迫的地方磨破。偌大的麻袋，装满了沉甸甸的货物，外祖父扛着麻袋，满是肌肉的小腿挪移着，我清晰地看得见外祖父稀疏的花白头发被汗水浸透，一滴又一滴的汗水，顺着头发梢儿，滴落在他的脖子上，额头上的汗珠，像一颗颗透明的黄豆，一滴又一滴滴落在他的胸前。外祖父淌满汗珠的脖子，一根又一根的青筋突得老高老高，像极了一条又一条的蚯蚓，顽固地趴在外祖父的脖子上。外祖父的脖子本来就长，被占据肩头和后背的麻袋所压迫，越发变得细长。外祖父的身体被麻袋压得弯成一只大弓，经过我和小姨的面前，他努力地看我一眼，这一看，我惊讶地发现，外祖父的大眼睛向外凸得更厉害了，也显得分外大了。外祖父看我们的时候，目光里写满了挣命。就在蜀河美丽、忙碌的码头上，负重的外祖父挣命的目光刺痛了我的心，我害怕

得要命，我害怕外祖父脖子上的蚯蚓会咬断他的脖子，我害怕外祖父突出的双眼珠会掉落下来，我更害怕我慈爱的外祖父会被背上的麻袋压倒。我甚至巴望着，码头上停泊着的，以及开出去的船只，永远也不要再开回来。

小姨把我安顿在一个安静的地方，自己拿着一根从家里带来的抬杠和绳子，快步跑到外祖父歇息的地方，我看见，外祖父把麻袋搁置在一块大石岩上，伸直了腰，扯下褡裢擦去脸上滚落的汗珠，仰起脖子大口大口喘着粗气。小姨把麻绳平铺在地上，外祖父和小姨合力将麻袋挪下来，麻绳兜住了鼓囊囊的麻袋，小姨把麻绳的两头，挽成了一个结，穿上杠子，和外祖父抬起麻袋，踉踉跄跄往前走。我看见，弯腰抬杠即将起身的外祖父，用力把绳子往自己怀里一挪再挪。

我站在原地，一动也不敢动，满脑子都是外祖父背负麻袋，一副挣命的样子。我想哭，可我又不敢哭出声来，呆呆站在原地，等候小姨，看一个又一个像外祖父一样的搬运工，从我的眼前穿过，看一串又一串的汗珠，洒落在脚下铺满鹅卵石的街道上，内心被一种巨大的疼痛感和恐惧感所充斥。

这个场景，深深地镌刻在我的脑海里，以至于时光悄然过了四十余年，这个情景依然恍如昨日。

能够让外祖父平静安详的时候，就是每一天吃完晚饭的时光。

外祖父挣命换来的血汗钱，悉数交到外祖母手里，外祖父家每一天粗粮细做的饭菜，无声地彰显出了我外祖母让人叹为观止的厨艺。外祖母每一顿饭菜，都能在外祖父和舅舅下工后准时端上饭桌，往往这个时候，外祖母并不上桌和外祖父、舅舅一起吃饭，她的厨房里，总是有各种忙碌，她忙着给外祖父和舅舅添饭，忙着给疲于奔命的外祖父和舅舅递上茶水，一直要等到家里所有的人都吃饱之后，才给自己舀一碗饭，就着桌上剩余的菜，还有菜汤，一个人坐下，不慌不忙地吃。

吃饱饭了的外祖父，每每在这个时候，端上外祖母给他泡的茶，在门外的小小院子里，喝茶。常常，我也会双手握着外祖母的大蒲扇，给外祖父扇风。外祖父这个时候，看着我的眼睛也不那么往外突出了，脖子上也是没有爬蚯蚓的。往往这个时候，我发现，外祖父坐在椅子上，尽量多的把自己的腰身往后仰，只有这样的时候，外祖父的身体才完全不像大弓。

但是，当我看到外祖父平静、安详的样子时，我的脑海里，时常会浮现出码头上，外祖父挣命的模样，外祖父平静、安详的眼神让我倍觉挣命眼神的疼痛与沉重。

后来长大了，我才懂得，外祖父对自己的沉重，并不是没有意识，他只是把挣命时的那种疼痛深深地隐藏起来。因为，外祖父比任何人都懂，他必须用挣命来扛起一家人的口中饭食和身上衣裳，用坚韧来对抗生活的艰辛。

外祖父被麻袋压弯了的身体，还有外祖父尽力伸直腰身的两个不同的画面，时常浮现在我的脑海里，长达四十余年。在这两幅画面的引领下，我沿着或曲、或直的生活之路，不时地拣拾着这属于蜀河的坚韧时，蓦然发现，这种鲜活的沉重，犹如奥运赛场上的一束火光，是外祖父，是和外祖父一起像蝼蚁一样的讨生活的工友们，将这束闪耀的亮光，传递到了我的心底。外祖父以及他的工友们那压得弯的身体和压不弯的脊梁，坚韧了我的性格。

蜀河八大件

独特的饮食

蜀河古镇地处秦岭以南，气候湿润，四季分明，属亚热带大陆性季风气候。

古镇北面的川道地区出产水稻、小麦、玉米、多种时令蔬菜，物资丰饶，古镇居民的食物主要以大米、面食为主。最能体现古镇饮食文化特色的正是这久负盛名的“蜀河八大件”。

“蜀河八大件”是蜀河古镇居民独特的饮食风俗习惯，分为回、汉两种。由于这种席面制作过程非常复杂，一个人很难单独完成，需要专人打下手。所以，通常是在重要的日子里，或者是有重要的客人光临，才会做完整的席面。它反映的，不仅仅是古镇独特的饮食文化风貌，更是体现了古镇人热情好客的待客之道。

在我上中学时，我的父亲母亲就手把手教我做这种席面中的每一道菜了。只是，一套完整的“蜀河八大件”所需要的食材非常广泛，它涉及鸡、鱼、牛、羊、四时蔬菜、干菜、豆制品、几十种调味品等等。因为它的烹饪手法多以蒸、慢炖为主，所用厨

具非常繁多，还因为在用餐时，非常讲究规矩和礼仪，所用餐具也极为复杂、讲究。寻常家庭通常在平日里，或者是重要节日里，只做其中的一道或几道菜。

那天，我妹妹家搬新居，我便有机会参与了从宰牲到制作，再到上席等整个过程的全套“蜀河八大件”。

那天，来妹妹新居掌勺的大厨师是我母亲的一个堂弟，我叫他三舅。

三舅名叫王自朝，今年六十岁，在古镇上的威信很高。他的厨艺非常高超。不过，三舅是从不肯轻易帮人做八大件席的，这其中的原因，我无从知晓，也不好直接问三舅本人。三舅要是肯出手，要么，主家一定是他钟爱的人，要么，主家是很有威望的人。

三舅能乐意接受我妹妹、妹夫的请求来帮忙，一个原因是三舅重情义，敬重我的父亲母亲，还有一个原因是心疼我的妹妹。

和我二舅一道被请来做八大件席面的厨娘里，有我母亲的一个表妹，名字叫马顺芝，今年五十多岁了，因为乳名叫女女，从小我母亲就让我们姐弟三人叫她女女姨，几十年了，我们一直这样叫她。

还有一位是住在古镇马家坡我的本家嫂子，名字叫孙春凤，一个微胖的四十多岁的贤惠女子，特别能吃苦，特别能干，又特别善解人意。

我虽然会做“蜀河八大件”中的每一道菜，可是，真正全套席面的烹饪过程，我还从来没有全程系统亲历过。这一天，我主动要求给我的女女姨和嫂子打下手，我要全程亲历完整版的“蜀河八大件”的烹饪过程。

院坝里宰羊的场子才刚刚被收拾利索，好几个厨房里都纷纷飘出醇香的肉味了。

味觉的密码

那一天的场合，三舅更像是一位身经百战的大将军，大气地指挥着女女姨和嫂子，他们三人分工明确、通力合作、有条不紊。

几口特大号的钢筋锅里添足了清水，放进蜀河当地散养的整只整只的柴鸡和羊骨头，加上葱、姜、干辣椒、花椒等十余种调料，先用武火烧开，再用文火慢炖。这是一举两得的做法，鸡炖熟之后是“蜀河八大件”的第一道热菜，一锅浓香的清亮的高汤也应运而生。

为了保持菜肴的营养和口感，“蜀河八大件”所有的热菜都要经过或蒸、或油炸、或先油炸再蒸的复杂烹饪过程。

刀工是极讲究的。做莲菜合子和肉丸子需要的肉馅，三舅他们是从来都是精选上等的羊后腿肉，先切成条，再手工剁成馅儿。我精于美食的父亲母亲早就告诉过我，用手工剁成的肉馅儿弹力好，肉香。而绞肉机绞出来的肉馅儿在口感上就稍逊一筹了。

羊后腿肉剁茸盛入大盆之后，见证厨师功夫的时刻到了。

这一大盆羊肉馅，再过一会儿就会成为主菜羊肉丸子和莲菜合子的馅儿料了，它调制得成功与否，将直接影响到这两道热菜的口感了。

加调料，是这一道羊肉丸子汤最关键的一个环节。

就像中国所有的大厨一样，调料的种类、数量，完全是在长期的操作过程中自己凭借悟性和经验摸索出来的，一百个厨师就有一百个独家秘籍，根本就没有一个固定的模式。

对于地道的蜀河人来说，最在乎的就是这调进菜里的最家常的盐了。蜀河人看重的是蒸碗的质地和口感，蒸菜入口醇香、回味绵长则是检验蒸菜是否成功的一个标准。“百味盐为首”，单单是这一种朴素的调味品，对于厨师本身就是一个挑战！这盐，若是放淡了，那么，再优质的食材，也会食之无味；若是放重了，就会遮盖食材本身的鲜香。

在这个至关重要的环节上，身经百战的几位厨师显得游刃有余。他们在调味品的配置上，既照顾了大众的口味，又迎合了对食物味道极挑剔的人的口味。

做莲菜合子的莲菜也是极其讲究的。七孔莲菜淀粉含量较高，水分少，糯而不脆，做莲菜合子最适合不过。精选出来的莲菜洗净、刮去外皮，横截面切成筷子般厚的片，但并不切断，从切开的截面上加进羊肉馅儿，再把两片莲菜片合拢，这样，莲菜的每一个小孔都充满了肉馅儿。

食材在三位厨师的准确拿捏间，微妙地变化着。调馅儿、像变魔术一样的挤肉丸、加肉馅儿、裹面粉、包蛋液、下油锅、观火候、速起锅，一路精彩。

炸制羊肉丸儿和莲菜合子，最讲究火候，这是这两道蒸菜的第一道工序，要想使丸子和盒子酥而不老，油温和时间极其关键，油温必须适中，时间上更不能相差分毫。三舅他们三个，往往会根据食材爆发出细微的爆裂声来准确地判断出锅的时机。食材的出锅，跟下锅、炸制一样干净利落，这两道菜，对火候的考究，有着教科书一般的严格。

油炸后的羊肉丸儿和莲菜合子，还是半成品。它们一律表皮微黄，内瓤鲜嫩，如同流水线上生产出来的产品一般，但它们却真真切切地带着纯手工制作的特别的味觉密码。

它们被晾置在偌大的盆里，静等厨师把它们配上或过油豆腐、或焯过水的萝卜，用调味品腌制过的红薯块儿和土豆块儿，装碗上蒸笼。和它们一起上蒸笼蒸制的，还有红烧牛肉和粉蒸羊肉。

在八大热菜当中，粉蒸羊肉和羊肉丸子汤、莲菜合子占有同样的分量，它同样是“蜀河八大件”席面的主角。

在蜀河人看来，只有蜀河当地的山羊肉蒸出来的粉蒸羊肉才是世界上最美味的蒸肉。

在蜀河当地，几乎家家户户，包括汉族人都或多或少养着山羊。这种羊以山上的杂草为食，以肉质酥嫩、滋味鲜美而深受当地及外地人们喜爱。

三舅他们三个，已经从羊肋部取下蒸羊肉的食材了。这个部位的羊肉因为带着肋骨，回族人都知道，贴骨的肉，最鲜香、最酥嫩，用这个部位的羊肉配上蜀河当地出产的红薯、包谷面，蒸出来的羊肉，每一块儿肉、每一块儿红薯、每一粒包谷面，都会散发出一股扑鼻的异香，口感绵密，软糯滋润，无论是主角羊肉，还是配角红薯、包谷面，只需品尝上一小口，就已经享受到了那种浸润到了肉、红薯、包谷面的灵魂里面的无穷香味了。

为了最大限度保证菜肴的营养成分不流失，也为了保证菜肴的口感，还为了表示对客人的敬意，所有的热菜都是先制成半成品，然后放进蒸笼里蒸制。

这蒸制的火候要把握得恰到好处。蒸的时间太久，蒸馏水就会落入蒸碗中，影响口感，蒸制的时间太短，则肉质生硬，肉的醇香不能调动释放出来，也是一大败笔。

这一天，妹妹、妹夫和三舅配合得严丝合缝。他们准确地计算出每一期开席的时间，又准确地把握好蒸碗上笼的时间。蒸制三个小时，丝毫没有差错。

用餐的礼仪

在这个世界上，有一种滋味，出身低微却又自成一家，在漫长的演变中没有因为来自各方面的冲击和影响而淡化、消失，反而随着时光的流逝反倒越来越占据人们的视觉、味觉，直逼灵魂，这就是“蜀河八大件”。

“蜀河八大件”全套共八凉八热、八荤八素、八人同桌。回民的八大件与众不同在于，它不单是凉热菜数量上的组合，烹饪手法和食用上的规矩和礼仪更为讲究。

首先从座位安排上就有大讲究。

大方桌分上席、下席和左右陪席，每面两位。上席两位为年长者或是贵宾，正对上席为下席，也为两位，左右陪席各两位，四面均依照左大右小的规矩坐定。开席后，每上一道菜，必须等上席的两位尊者先动第一筷，其他人才可以动筷。

每一位用餐者面前摆放的餐具也是有讲究的。小醋碟、小瓷碗、小瓷勺、小茶杯、筷子一样都不能少。

开席后，上菜的顺序也有讲究。

按照惯例，首先上桌的是八道凉菜，四荤四素，中间放置一个讲究的大盘子，盘子上放置一个精美的大陶瓷碗，陶瓷碗里盛着精心调制的汤汁，这汤汁酸辣爽口，上面浮着火红的辣椒油、翠绿的香菜，颜色煞是好看。这一碗汤汁的调制，也是极其讲究的，因为，它首先要经得起蜀河回民敏锐的味觉，调制这一碗汤汁，必须准确把握住这一座古镇上特有的地方风味精髓才行。

四荤，均为卤制品，牛羊蹄子、牛羊肝儿、牛羊肚子、牛羊头、牛腱子肉等，都可以卤制。卤菜的秘诀在于神秘的汤料，汤里加进十几味香料卤制成的荤菜，回味悠长。

四素，以时令蔬菜搭配，或青、或黄、或绿、或白，颜色比较清爽。

凉菜的摆放是有规定的。依照荤素搭配，上青下白摆放。四荤四素交相呼应，开席便注重色调搭配，更是体现出了色香味俱全的特色。

凉菜之后为八道热菜，也是四荤四素，菜品为四汤四菜，汤和菜间隔上。这上菜的顺序也是有规矩的，讲究鸡头鱼尾。意思是，第一道热菜必须是鸡，最好是整鸡，寓意有一个良好的开头。最后一道菜是汉江野生鱼，寓意年年有余。

中间几道菜分别是粉蒸羊肉（意喻为生活蒸蒸日上）。羊肉丸子汤，莲菜合子，红烧牛肉，爆炒酸辣羊肚，羊肉小炒，汉江野鱼等等。

妹妹乔迁新居的那天，我看到的是一场家族盛宴，更是一场生动的厨艺与礼仪的完美展示。

“蜀河八大件”发展到今天，它已经不单单是一种菜品，它已经成为一种符号，一个蜀河饮食文化的符号，一个蜀河礼仪文化的符号，一个有着特殊情感的记忆的味道。

这是亲情的味道，这是山的味道，这是泥土的味道，这是汉江的味道，这是古镇的味道，这是千年古镇乡情的味道。

随着人们的脚步不断行走，无论古镇人走得多么遥远，无论古镇人多久没有相见，但是，在“蜀河八大件”这种特别的味道的指引下，古镇人都会从这种味道中品出家的味道，品出亲情的味道，品出礼仪的味道。

这种味道熟悉而又顽固，就像是一个味觉定位系统，一头锁住了古镇，一头锁住了异乡，无论走到了哪里，无论大家在做什么，大家都会记住蜀河。

烧狮子：蜀河人的狂欢节

今年正月十三这天一大早，弟弟开车带着我和小侄女又一次回到蜀河，我们是专门回去给父母亲上坟的。

本来，我们计划上完坟之后，立即赶回安康，妹夫说："你们干脆留下来，今晚上出灯，我们一起去看烧狮子。"

蜀河"烧狮子"，这个民间活动我是知道的，它书面名称为"蜀河太平灯"，又俗称蜀河"火狮子"，兴起于明末嘉靖年间，五百多年来，这场年俗狂欢从未停歇。2015 年 12 月被列入陕西省第五批民俗类非物质文化遗产名录。

蜀河"烧狮子"，纯粹是蜀河当地民间的一种年俗活动，它只有一个单一的功能，那就是民间娱乐，丝毫不带任何迷信色彩。这个民间活动放在每一年农历的正月十三，正是蜀河人辞旧迎新的日子，人们用这样的方式，将一年来的辛苦劳作，用一场关于火的狂欢，将过去一年所经受的生活压力统统释放出去，并用这样喜庆的方式祈祷来年风调雨顺、国泰民安、众生康健、福绵不绝。

正月的蜀河口，春寒料峭。风，裹挟着汉江的水腥味吹拂着。吃完下午饭，我们早早来到位于蜀河下街古码头附近的停车场。

人们扶老携幼，热闹的前街，此时已经沸腾起来了。

每一家的商铺门前，都高高挂起鲜红的大灯笼，路灯，把街道映照得恍如白昼，也把街道上空的黑夜照亮。花灯、狮子还不见踪影，街道上的人流就已经是摩肩接踵了。人流中，除了极少数是蜀河镇子上的居民，大多数是从周边村子，周边小县，甚至还有随旅行社来古镇的外国游客。

那段时间，我因为在家拖地板的时候一不留神滑倒，摔裂了左腿骨，行动极为不便，弟弟把我安置在停车场与前街交界的路口，他们一行人直奔黑沟大水井，他是要去那里拍摄出狮子仪式。

连日的阴冷天气，使得天色早早暗下来，如潮的人流，似乎要把寒冷的夜空暖化。我因为左腿有伤，害怕被人流撞击，远远地躲在一家商店门前。璀璨灯光中，有人大声喊道："花灯来了！"顿时，人流又一次骚动起来。我站在店家屋檐下的台阶上，伸长了脖子向远处望，果然，黑压压的人脑袋上方出现了两排花灯，正慢慢地向我站的路口移动，密集的人流，很自觉地分开一条只能容纳两个人通过的通道，让高高擎着花灯的队伍通过，长长的花灯队经过，人流又迅速地合拢。

高擎花灯的队伍，在前街通往停车场的路口迅速分为两队，分别站在道路两侧，我听见人群中有人说，他们是要在这里等候，等到狮子出来后，他们要去小河东。

几十盏花灯，被一群村姑模样的女子和一群年轻的农民模样的人高擎着。每一盏花灯，都被从灯内发出的柔和的光照得亮晶晶的，亮晶晶的光，照亮了寒夜，也温暖了我的心，我也被这样热闹的场面感染着，兴奋着。我小心翼翼地拨开人群，站在一个擎着花灯的女子身边，非常友好的冲她笑笑，她也同样友好的向我报以微笑。我问她花灯是谁人所做，她告诉我，是镇政府安排她们村子的姑娘、媳妇、大婶大娘们做的。她说，她擎的这一盏花灯，碰巧就是她自己做的。

花灯制作得非常精致、逼真。灯体的框架是用竹子劈成的篾子作原料，用特殊的工艺轧制而成，灯杆，是用细长的竹竿做成。

所有的灯体造型非常美丽，有的是星星造型，有的是月亮造型，有的是花卉造型，还有的是动物造型。每一盏花灯的灯体四周，都垂下一条条细丝，每一条细丝上都点缀着一朵朵鸡蛋大小的花卉。这一条条细丝，一朵朵花卉，全都是用彩色的皱纹纸折成的，栩栩如生，惟妙惟肖，让我叹为观止。我欣赏着、惊叹着，我惊叹这一朵朵花卉的逼真，惊叹这一个个洒落在乡野的民间艺术家们杰出的手艺。

如果不是我亲眼所见，如果不是我亲耳所闻，我怎么会相信，这一盏盏堪称精美的手工艺品，竟是出自一个个最平凡不过的老少村姑之手？

在经过她的允许之后，我禁不住接过她手中的花灯，举在我自己的手上，我仰起头，欣赏着它的精美，赞叹着制作者的智慧，赞美着村姑和她的同伴儿灵巧的双手。我轻轻托起花灯四周围垂下来的花朵，瞬间觉得这些花卉活了起来，是这一群藏在深山无

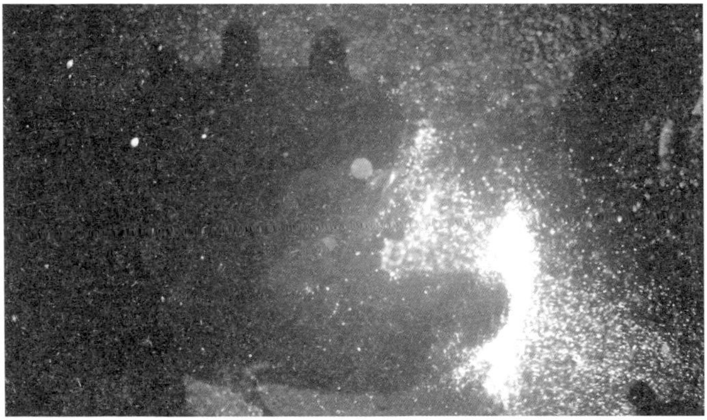

人知的老少村姑们，赋予了这一盏盏花灯新的生命。

小侄女打来电话，说，狮子已经从黑沟的大水井出来了，正在往农贸市场去，精彩的场面就要来临，问需不需要来接我去农贸市场一饱眼福？

我站立的地方，离农贸市场很近，我已经隐约听见了放礼炮的声音了，我告诉小侄女，你不用管我，选好角度，替大姑多拍一些照片就行。

我想亲眼目睹“烧狮子”的热情冲淡了左腿的疼痛，费了好大劲，到底目睹了蜀河“烧狮子”的狂欢。

我照例远远地躲在一家商户高出街面的台阶上，我看见农贸市场前的整条街道上，聚集了黑压压的人群，看不见狮子狂舞的场面，只看见恍如白昼的夜空上，飘飘袅袅弥漫着火药的呛人气味，人群中不时爆发出一阵阵高亢激昂的喝彩声，伴随着阵阵喝彩声的是一声声震天动地的“咚咚”声，我知道，这是蜀河口人自制的“花子”发出来的巨响。

蜀河口人自制“花子”的外筒，早些年间多用牛角、老砖钻眼，现主要用纸质圆筒，直径约十五公分，根据填药量多少，长度一般约二三十公分，一端用泥土夯实钻细眼以穿引线，填药为柳木炭灰、硝、黑火药、铁粉等成分，另一端再用泥土夯实封底。填药成分比例和药量决定了燃烧后火花形状、颜色、气味以及安全程度，制“花子”工艺在蜀河人家的普及程度较高，甚至少数人家还有独门秘方。衡量一支“花子”质量好坏的标准主要有是否安全（防止向前座或向后座花）、燃烧时长、花型是否朵状、颜色是否鲜艳、威力是否充足等。可以说制“花”工艺与舞狮技艺二者相辅相成，缺一不可，它们共同支撑了蜀河“烧狮子”的辉煌。如果你身临其境，领略过蜀河“烧狮子”的魅力，周边地域类似民俗活动一定会变得索然无味了。

就在我所处位置的街面上，一群年轻人兴奋不已，手中拿着蜀河口人自己制作的“花子”，他们个个戴着一次性口罩，个个脖子上都无一例外地带着一条红布带，有的身着迷彩服，甚至，有的小伙子还戴上了安全帽。

对于这样的装束，我不得其解，叫过来一对情侣模样的年轻人问个究竟，这才知道，原来，戴红领带，是蜀河“烧狮子”特有的标志，身着迷彩服，是为了防“花子”烧，而安全帽，则是避免被“花子”烧伤的最有力的武器。他们说，他们在此等候，等狮子一过来，就可以尽情狂欢啦！

狮子队终于舞过来了。

舞狮子的队伍顺着街道两旁挨家挨户拜访，为每家每户送去吉祥、祝福和庇佑。狮队所到之家，立即鸣炮迎狮子，街道便成为人狮共舞、火光交错、浴火腾欢的地方。

狮子以相对粗犷简单的步伐摇头摆尾向主人“示威”或“挑衅”，主人便拿出看家“花子”对着狮子燃放，俗称“冲花子”。当主人家“花子”基本燃放完后，双狮面朝主家大门，由“喝彩人”送去吉祥话语，众人随喝，称其为“喝彩”，主人便以物品或金钱答谢回馈。根据主家请求，还可将“狮子”引进室内祈福。若是主家小孩多病多灾，还可将三岁以内的小孩从狮口喂进，从狮尾接出，达到祛病避灾的祈愿。每到一户人家，舞狮子的人都会短暂停留，边舞狮子，边向这家人传递祝福。在这个过程中，围观的百姓会点燃特制的焰火，朝狮子喷射火花，象征着祛除霉运，迎来吉祥。在整个过程中，火花也会落在围观者身上，那就意味着这个人来年会红红火火。

空气中弥漫着呛人的火药味，使我禁不住退到我身后的商店里面去了。店铺前，已经成了一片欢乐的海洋，看店的是一个陌生的中年妇女，满脸堆笑，非常友好地招呼我坐在她家店铺内。她说她当家的就在门口接狮子，她怕挤，没敢出去。向她问起“烧狮子”，她兴致极高，她说，“烧狮子”年年从正月十三开始，一直持续到正月十五元宵节晚上，如果遇到天气好，一天燃放的焰火纸筒会撒满整个街道的路面，灰烬也会积上厚厚一层，这就说明大家生活会越来越兴旺。

为了防止火花落在身上烧毁衣物或烧伤身体，看狮子的人都会穿上一身耐脏耐磨的厚衣服，头戴红围巾，手套。现在，越来越多人选择一身迷彩服，有时候安全帽也派上了用场，你看，一些年轻的娃们，都戴着口罩，还戴有安全帽，有的戴头盔。

看狮子的人都包得严严实实的，舞狮子的人更是包裹得扎实。舞狮子的人在舞狮子前要全身涂上一层蛋清，防止烧伤；两只狮子也要全身被洒满水，防止燃烧，伤及舞狮者。狮子重得很啊，而且还要不断躲避人群的追赶和焰火喷射，舞狮子的人每过一段时间都要进行轮换，不然，身体会受不了的。

我听女主人介绍舞狮子的当儿，狮子无比霸气地舞过来了，一时间，硝烟弥漫，火光四起，喝彩声一浪高过一浪，“花子”震天动地的“咚咚声”震耳欲聋。

一个个花子带着红红的火星蹿上了天空。伴随着巨响，夜空绽放出大朵大朵美丽的花儿。它们的形状和颜色各不同，犹如五颜六色的满天星，又像金黄色的蒲公英，绚丽多彩。一颗颗五颜六色的火花飞升降落，时而如天女散花，时而如信号弹飞射，忽明忽暗，把夜幕点缀成鲜花的世界。

人流如潮水，紧紧围绕着狮子，欢腾着，不停歇地向前涌动着。

在我看来，中国南北舞狮，多表现狮子经过人类驯化之后的温顺、和善和技艺，少未经驯化或驯化过程中的原始、狂野和蛮昧。

而地处陕西南部、汉水上游、秦巴夹江腹地的蜀河古镇，由于地理、交通位置所限，其与不同文化版块之间的民俗文化交流频繁程度与中原、江南地域相比，相对较少，易形成“文化孤岛”，其原生民俗基因保留得相对完整，因此，蜀河古镇的“烧狮子”更多是再现了人类驯化狮子的过程，而整个舞狮活动也更能体现出人狮共处之初原本具有的原始、狂野和蛮昧的味道。这种味道所围绕的中心就是用“花子”“烧”狮子，这一“烧”的过程便升华成为“人类驯化狮子、狮子反佑人类”的天人合一的境界，形成了一脉独具的地域特色舞狮文化。

盖因如此，蜀河“烧狮子”便成了一场关于火的狂欢。

马老四和他的民族食府

一

在蜀河口，若说起马老四，妇孺皆知。外地人到蜀河，要是慕名寻马老四餐馆，八成会有人热情地为其指路，甚至，还会一直把来客领到马老四餐馆门前。

但是要说起马祥胜，恐怕就连住在蜀河马家坡的原住民，也未必知道。其实，马祥胜就是马老四，因为在家排行老四，从小就被父母图省事，直接唤作老四。日子久了，蜀河口的街坊邻居都叫他马老四，以至于忘记了抑或根本就不知道他的学名。

知道马老四这个人，是源于他餐馆的招牌。餐馆的招牌，就耸立在清真寺高高的石阶旁边，他的名字连同餐馆的名字“蜀河马老四民族食府”，立在路旁，清晰而又醒目。我听妹妹说，他的餐馆，因为味道好，分量足，价格公道，不仅深受镇子上的街坊喜爱，就连外地人，也极喜欢。

见到马老四真人，是今年暑假。

我的小侄女今年高考，如愿考到她喜欢的城市成都。娃娃要出远门了，临行前，想回老家给爷爷奶奶走坟。

临近开学的日子，我和弟弟妹妹，带着家中的几个娃娃特意从四面八方回蜀河，给我们的父亲母亲走坟。

那一次，我们两代十人的午餐，就被我妹妹安排在马老四的餐馆。从山上的回民义坟下来，我们直接来到马老四餐馆门前的凉棚下喝茶、乘凉。马老四进进出出为我们沏茶，切水果。

马老四生于1979年，中等个头，爱笑，话比较多，人也随和。他充满活力，从凉棚到餐馆经过那一道不高的石坎，都是蹦跳着上上下下，连台阶都不走的。一边忙碌，一边笑盈盈和我们说着话，一口地道的蜀河方言，婉转柔和，让人感到格外亲切温暖。

和我们一起在凉棚下乘凉、说话的还有几个我母亲娘家的亲戚，她们当中，有我们的长辈，也有我们的同辈。她们是自愿来给马老四的餐馆帮忙的。

能在这样炎热的天气里自觉自愿分文不取帮忙，佐证着马老四心地的善良，为人的厚道。

二

凉棚是搭建在通往上义坟的路边的。凉棚对面，立着一排原木肉架，肉架上悬挂着一副副铁质肉钩，旁边还有一摞大小不一的洁净的竹篮子。老四告诉我说，他餐馆的食材，从来都是他自己采购。山羊，是他从山里农户家买来，请马阿訇宰，自己亲手剥。

从马老四餐馆门前的好几条道，都可以通向山区更深处。在蜀河农村，很多农户养羊，但是他们自己并不吃，或赶到镇子上卖给回民宰户，或等待回民宰户自己上门收购。

更多的时候，马老四是自己上农户家里从羊圈亲自挑选山羊。通过眼观、手摸最后过称等方式，挑选出个头健壮的成年山羊。赶回来的山羊，每一只，都请马阿訇宰，再自己剥。用多少，宰多少，极大限度地保证肉质的新鲜。

做回民八大件席和回民十大碗当中的主菜莲菜合子、羊肉丸子汤所用的食材，必须是羊后腿上的肉。这个部位的肉质，是羊身上的精品，适合做这两道主菜，也适合包饺子。

马老四家做莲菜合子、羊肉丸子汤、饺子馅儿，从来都是手工剁成。手工剁出来的肉馅儿，有弹性，有劲道，口感最好。

羊前腿肉，是做羊肉臊子面的最佳部位。这个部位的羊肉，肉质酥香，做出来的臊子口感醇厚，回味悠长。

羊肋条部位，是蜀河回民八大件中蒸羊肉的最佳食材，用这个部位的肉蒸出来的蒸肉，已经脱脂，口感细腻，入口即化。

羊肉具有肉质鲜嫩、味道鲜美等特点，富含蛋白质、脂肪、碳水化合物、钙、磷、铁、多种维生素、烟酸等营养成分，为人体提供足够的营养。而且，羊的每一个部位每一个内脏，都能做出不同风格不同口感的精品菜肴。

深谙此道的马老四，严格把控食材关，从源头上精挑细选，在做法上一丝不苟，难怪在蜀河镇子上，无论是汉族人家，还是回民人家，无论是招待客人，还是亲友聚餐，都喜欢选择马老四家。

三

马老四的餐馆主营蜀河回民八大件、蜀河回民十大碗、各类炒菜、羊肉泡馍、羊肉饺子、羊肉臊子面。

餐馆门脸不是很大，还不在街面上。餐馆所在的这座四层大楼，建在黑沟上，涓涓的清流，就从大楼底部潺潺流过。

餐馆在一楼，有一间大厅，还有几间包间。大厅里有股淡淡的苜蓿散发出来的独特醇香。青石板铺成的地面，泛着青色的光，几张木质的八仙桌和方凳擦得干干净净，泛着一种古朴的光泽，显得典雅、庄重。大厅没有天花板，抬头望，青色的瓦片整齐有序地排列在一根根淡黄色的椽木上，那椽木一根根笔直、匀称，尽显自然品质。大厅北面的墙壁上，悬挂的是一面面做工讲究的镜框，内容很丰富，有各类获奖证书，有营业执照，有健康证。

操作间宽敞、明亮、洁净。偌大的几个冰柜靠着墙壁依次排开，发出轻微的嗡嗡声。主厨头戴厨师帽，身着雪白的工作服，有条不紊地忙碌。帮厨进进出出，悄无声息地做着琐碎的事。

我们的午餐，选在一间包间里。包间宽敞，一张圆桌能容得下十几个人。墙上的空调吹出清凉的柔风，偌大的玻璃窗下，是黑沟的溪水流过的地方，听得见溪流的潺潺声，看得见溪水撞击沟边岩石溅起的小水花儿。黑沟的水质，丝毫没有其名的颜色，它从高高的山上一路欢歌，一直顺着这条沟，从地下经过农贸市场，注入蜀河。

小的时候，我小姨每天都会带上我到黑沟，小姨会挑选一块非常干净的天然大石皮，把带来的脏衣服放在石皮上搓洗。我在小姨身边忙碌着，有时候会搬来无数小石块垒起一道石坝，有时候会挑选出一颗颗小石子儿，在大石皮上反反复复打磨，在水里反反复复清洗，准备拿回家和小姨玩抓石子儿。

我们的午餐很丰盛。有侄儿爱吃的羊肉泡馍，两个小侄女爱吃的烧烤，弟媳爱吃的酸辣羊肝、各类时令蔬菜，还有全家人都喜爱的羊肉丸子汤，莲菜合子。

我是冲着他家的羊肉臊子面来的。马老四家的羊肉臊子面，极具蜀河的地域特点。蜀河回民喜食羊肉臊子面，我幼年生活在外婆家，家里逢重要的日子，或是有重要的客人来家，往往，外婆都要做一顿羊肉臊子面。

马老四家的羊肉臊子面，沿用了蜀河回民的传统做法，用的是地道的手擀面，和面的时候，加入适量的食用碱，这种散发着天然麦香而有劲道的碱面，是羊肉臊子的绝配。

肉臊子，选用羊前腿肉，这个部位的肉，肉质酥香。剔除羊骨头后，把羊肉切成大拇指肚大小的肉丁，坐锅烧油大火翻炒，等水分炒干，注入开水，加入葱、姜、蒜、大茴、花椒、苜蓿等十余种香料，文火熬制，等到肉丁八成熟，依次加入木耳、黄花、萝卜等多种配菜，一锅内容丰富多彩、滋味醇香绵长的臊子，散发出浓郁的香味。

一筷子劲道细长的面条上，浇上一大汤勺臊子，在臊子上均匀撒上一层香菜段儿，再泼上一小勺油泼辣子，淋上几滴醋。微黄的面条，红褐的肉丁，黝黑的木耳，裸色的黄花，翠绿的香菜，鲜红的辣子油，棕红的醋，再加上袅袅上升的热气，足以构成一幅立体的画。

那一天，马老四家的羊肉臊子面，让我吃出了儿时的味道，吃出了我外婆的味道，吃出了老蜀河的味道。

那一刻，在合家欢聚的家宴上，我对外婆温暖的思念汹涌而来，噙在眼里的泪水，差一点夺眶而出。

四

饭后，凉棚下喝完茶，我们要帮马老四收拾茶具、桌凳等物什，马老四笑着说，不用，根本不用，那些东西从来都是摆放在凉棚下的。

这些餐桌、餐凳，还有烧烤炉，是专门做夜市用的。夜市主营烧烤，主要服务对象是年轻人。

果然，我看见凉棚下有一根电线，上面排列着好几盏灯。

马老四又说，他的餐馆室外，不光摆放这些设施，在冬天，为了省事，连现宰的鸡啦，羊杂碎啦，都挂在户外的肉架子上。

不知怎么的，我就突然忆起儿时马家坡的院子。

外婆家在马家坡，和马老四的家只有几步之遥。那个时候，马家坡的人家就是这个样子，常常夜不闭户。

CHAPTER ❷

第二辑

今我来思

远去的村落

从蜀河古镇出发一直往西，六十里水路的江边，就是棕溪镇了。那里，是我的出生地，我原生的家，就在汉江边一个叫何家院子的村落。

我此行带着小外甥张煜，是去看望我的叔父，再去看看我们那个已经变成废园的老屋。

小面包车在与汉江并行的 316 国道上行驶，被无尽的绿色包裹着。车窗外，是被晨光笼罩着的汉江和两岸绵延的大山。江水是绿的，大山也是绿的，江面上有薄雾笼罩，山间也有云雾萦绕，大山、树木、庄稼、房屋一掠而过，看得见白鹭掠过江面的优雅身影。我不禁对即将抵达的家乡之旅充满了忧伤。我的村落、我的亲人、我父亲母亲的菜园、流经老屋门前的小河，还有，承载着我们全家五口所有悲伤和所有幸福的那一座农家小院，我想象着它们曾经的美丽风光，想着今生今世无论再回家乡多少次，再也无法见到我至亲的父母，心中无限酸楚。

从蜀河到棕溪这一段的江水平静得像一面镜子，绿得像一条柔软的丝带。由于蜀河水电站的落成，这一段至再往西的四十公里处，成了一个狭长的湖泊。在这一段狭长的、深不可测的水域里，生长着不可计数的野生鱼虾，也衍生出了以捕鱼虾为副业的村民。尽管当地的河运管理部门严禁以任何方式捕捞鱼虾，但因为汉江野生鱼虾价格居高不下，仍有为数不少的村民绞尽脑汁与河运部门斗智斗勇，成功偷捕。

面包车在棕溪镇的北岸停下来，丢下我们之后，又一路前行，它的终点站是一路向西的旬阳县城。

我带着小外甥张煜，从公路旁的一条通向江边小码头的小路蜿蜒直下。

与其说是我带着张煜，还不如说是张煜带着我。这个才十二岁的小男孩，表现出了与年龄不相符的极大责任感，他双手并用，竭尽全力搬运着我从安康带给我几位长辈和几个小辈的礼物，任凭我怎么阻止，他也不肯松手。他说他已经长大了，要做个男子汉，要照顾好大姨。

娃娃瘦高的背影和熟悉的声音让我的鼻子禁不住发酸，我真切地感受到了亲人的关爱，同时，也感受到了岁月无声的痕迹，无比伤感地记起，自己永远无法做女儿的角色已经有多年了。

棕溪镇渡口唯一的一条机动载人小渡船停泊在汉江南岸，它是要等船上有了足够的乘客之后才开到对岸，我和张煜就在渡口耐心等待。江的南岸两百米处，就是我家的老屋了。横跨在从家门前流过的那条小河上的铁路大桥，虽历经了四十年的风霜雨雪，依然稳若青山，沿江并行的铁路线就是联络中国中原和西南地区

的交通大动脉——襄渝铁路了。这条对中原地区经济发展起着重要作用的铁路线，在襄渝铁路复线全线贯通以后，单纯变成了棕溪镇的一道流动的风景线了。由于棕溪镇山势陡峭，无法在这里设站，所以，棕溪镇和这条线路，和这条线路上一列接着一列飞速驶过的火车，没有任何关系。当地人乘坐火车，必须先乘渡船过汉江，在江北岸乘坐汽车去几十公里开外的旬阳县城才能坐上火车。横贯在家门口的襄渝铁路，被两旁的铁丝网严严实实护起来，犹如一道深深的鸿沟，把汉江北岸316国道上一辆辆飞速行驶的车辆隔开。被隔开的，还有鸣响在每一户人家的屋顶、崇山峻岭间的火车的长鸣声，以及车轮摩擦铁轨发出的金属撞击声。

棕溪镇与外面的世界隔江相望。

江对岸的船，还静静地停泊在南岸的码头。张煜小心地在江边玩水，我站在娃娃身边，黯然地望着江面发呆。

三十多年前的一个初秋，我和父亲就是从这个码头乘客船顺水直下。

父亲背着我的铺盖卷，我提着一只网兜，里面装有母亲精心准备的脸盆、搪瓷饭碗、搪瓷缸子等日用品。我们是要坐船去蜀河，我考上了高中，父亲送我去蜀河高中上学。我知道，父亲贴身的上衣口袋里装有三十块钱，这里面十五块是我的学费，还有十五块是我近期的生活费。我还知道，这三十块钱是我的父亲抱病体多方筹措才勉强凑齐的，这其中也包括我们一家五口从牙齿缝里挤出来的。就是为了给我筹集学费，我的家人们，大半年没有吃过腥荤。

也就是从那个开学季开始一直到如今，我对亲人们抱有一种深深的歉疚感。

本来，在棕溪镇考上高中的娃娃不多，女娃娃就更是稀少。蜀河高中因为学区覆盖蜀河、棕溪、双河三个镇子，绝大多数学生路途很遥远，而且交通不便，所以，学校每两周放一个周末，休一天半。为了节省路费，我和棕溪镇的几个同学每次回家总是步行。

六十里的水路，行船不觉得远，一旦步行，感觉那段旱路遥远的就像是在长征。

我们沿公路逆江而上，有白鹭在江面盘旋，江面上不时有顺水而下的船只，也有逆流而上的船只，偶尔，一声汽笛声响起，在山谷间久久回荡，碧绿的江水缓缓东去，一直流向看不见的远方。沿途的村庄掩映在路旁的树林里，有公鸡啼叫，安静、朴素、美丽。

然而，我知道，这美丽一旦被还原到我们的远征中，这种美丽便被饥饿撕得粉碎。

每一次回家取菜，取干粮，我的脚上总是磨起多个水泡，这还不算什么，最难忍受的是饥饿，因为想节省一顿饭钱，双周的周六中午一放学，我们就直接背上空的干粮袋子结伴而行。饿得实在走不动了，就在公路边的小溪流里掬几捧山泉猛灌，直到撑得恶心为止，或者轮流给大家描述各自的母亲做得好吃的饭，聊以医治饥饿感。

就这样，我们一边咽着口水一边互相鼓劲儿，直到走完那段路。这条饥饿的公路，脚下东流的江水，恰如我青春年少的哀愁，难以言说。

那条沿江的公路，一直伴着我走完了整个高中阶段。

对岸的铁路线上异常繁忙，每隔十几分钟，就有一列火车疾速驶过，但繁忙是属于这条铁路大动脉的，与这个地方没有关系。

对岸，老屋近在咫尺。

我们这个村子集中居住在江南岸的一个自然院落，因为院落里何姓人家比较多，不知从啥时候起，人们就给这座院落取名为“何家院子”。事实上，这座院落也就居住了两个姓氏的村民，一是何姓，二就是我们袁姓了。何姓人家是汉族，袁姓人家是回族。两个姓氏、两个民族的村民在同一个村子杂居在一起，两姓人家彼此还结了干亲，相处得就像亲人一样。我小的时候，曾经和我的一个叫何拔爱的女伴儿情同姐妹，我们彼此称对方的母亲为“干婶儿”。

何拔爱和我每天一起上学，周末我们一起上山砍柴、一起放羊，只是后来，我母亲认死理非供我上学，她因为家里娃娃多，只上到初中就回家帮助父母种地了。一想到她，我心里就隐隐作痛，上学的时候，她的成绩永远比我好啊。后来她嫁人了，我们已经有二十多年没有见面了，这一回我回来也肯定见不到她，因为，何家干婶儿和干叔去世已经很多年了，家里没有了爹娘，闺女回娘家自然也就少了。

蜀河水电站建成以来，改变最大的就是何家院子这一个自然村。原先的何家院子几乎所有的房屋在淹没区，陕西汉江大唐有限公司联手当地政府对何家院子的几十户村民做了妥善的安置。原先的村落没入水底，一个新型的移民小区就像雨后春笋一样在原先的屋顶的位置上拔地而起。现在，棕溪镇的中心地段转移到何家院子，成了新的集市中心，一排排崭新的楼房耸立在汉江漫进山沟的湖边，很现代。城市化进程的加快，让人不敢相信这就是我们的村子。我父母的新房子就坐落在湖边，站在窗户前，绿茵茵的湖水尽收眼底。只是，新楼如今成了真正的空楼，我的母亲在他们即将搬进新楼的前一个月安静地走完她的一生，我的父亲也仅仅在新楼里住了一年半，也跟着我母亲去了。我的大爹、小爹、小娘，还有我的大姑，以及他们仍留守在家乡的堂哥堂嫂，堂弟堂弟媳们，就住在这一座座装有抽水马桶的楼房里。

江面平静得犹如一面巨大的镜子，碧绿碧绿的江水倒映着两岸的青山，也倒映着天上的云朵。就在这平静如镜的江面上，我看见有一条小渔船驶过来，这种小渔船最多只能承载两个人，轻快得就像一片树叶。等到小船驶近岸边，我才看明白，这就是那种私捕鱼虾的小渔船。船上的汉子约摸三十来岁，身穿一件白色短袖体恤，蓝裤子挽到膝盖以上，不停地张罗着他的渔网。看见我，笑盈盈地招呼道："你回来了！"我迅速在大脑里搜索这个友善的汉子，绞尽脑汁也想不出他是谁，只能礼节性地回复："我回来了。你在打鱼呀。"

一下子，棕溪渐行渐远了。

小渡船把我和张煜渡到了汉江南岸。

这是我的父亲去世以后的几年里，我第一次回来。站在新建的移民小区前，我竟怯怯地不敢挪移脚步。

我远去的村落，被光阴留在我记忆的那一头了。

废　园

一想到“废园”这两个字眼，整个人都有一种沉重感。

这种沉重感是因为小爹新楼对面，我父母门窗紧闭的新楼，还有离新楼五十米远的山坡上的老屋。

“废园”正是我在心底里对老屋的叫法。

我是在父母亲双双去了另外一个世界之后的一个暑假里，特意挤出几天时间，回到我的家乡看望我的叔父、婶娘的。

我说想去老屋看看，小娘立即喊来自己的孙子袁亮毅、外孙李子木、我的小外甥张煜，吩咐三个娃娃给我带路，说，这个点儿，房客可能在屋里。还特意给我找来一瓶风油精，说老屋周围蚊虫多，带上风油精有用。

三个娃娃在前面带路，穿过移民小区宽阔的巷道，又沿着狭窄的山间小道上行。

离老屋院坝还有十几米处的小道上，我停了下来，在这个叫人不忍正视的小道上，感受我母亲留下来的气息。

父亲曾对我们说过，母亲就是在这个地方蹲下去的。

那一天，是农历的九月初一，他俩刚吃完早饭，我母亲说要到石坎儿下的邻居家取个东西，邻居的后门正对着小道，我母亲就站在这个地方和邻居说话，说着说着就蹲下身子，接着，身子一歪，倒在地上，脸着地。邻居发现不对，赶紧喊叫，丢下手中的活计从前门跑上来，蹲下身子把母亲抱起，大声喊叫，我母亲已经听不见了。

就这样，前后不到五分钟的时间，我母亲离开了人世。

这个情景是我父亲讲述给我们姐弟三人听的，我和弟弟妹妹每一回想起父亲讲的这个情景，都忍不住心痛，一种彻骨的心痛。

来到了我再也熟悉不过的这座农家小院儿。围墙外，高大的桂花树郁郁葱葱，两层楼高的芭蕉树枝叶繁茂，四周围的拐枣树、桃树、梨树、核桃树、木棉花树，还有数不清的红椿树，依然茂盛如从前。这一棵棵大树，多数是父亲亲手栽种的，还有一部分，是父亲手把手教弟弟栽种的，这一棵棵大树，见证了我们一家五口所有的苦难与幸福，见证了我们姐弟三人成长的印迹。只是，它们再也见不到我母亲忙碌的身影，听不见我父亲爽朗的笑声了。

绿树仍在，斯人已去。

老屋仍旧被密密叠叠的绿树包裹着，三个娃娃叽叽喳喳的说话声，从屋里引出来一个中年男子，身穿一套短袖短裤，手里拿着一把蒲扇，并不用来扇风，而是有一搭没一搭拍打身边的蚊虫。我猜想，这个陌生的男子可能就是房客了吧。

父母亲离开人世以后，弟弟怕这个小院长久无人居住会变成废园，就以极其低廉的价格租给了一个外地木匠，一来帮助看护院落，二来那象征性的收费，也方便了这个外乡的手艺人。

陌生男子喊着李子木的名字，由此我断定，这就是我们老屋的房客了。

木匠笑盈盈地朝我打招呼，说："来了啊。"又转身进屋端出来两把小椅子，热情地招呼我坐。

见我四下打量院子，便问："你也是来租房子的吧？"我一愣，半天不知道怎么回答他的问话，就反问他，租啥房子？啥意思？木匠看看我，又看看院子里追逐嬉戏的三个娃娃，解释说："这几天有几个人来这儿，说想租房住，我想你怕也是租房子的吧？"我这才明白，原来，木匠也以为我要租房子。我告诉他，我是这户人家的大女儿，回来了，想看看老屋，看看就走了。

木匠连忙起身进屋倒了一杯水，客气地放在我身边的小板凳上，不住地招呼我喝水。

我无心喝水，站起身，告诉木匠我想在房前屋后看看。木匠不好意思笑笑说，屋里乱，你可别笑话呀。

房前屋后的生活设施都还在，只是，眼下的房子和陈设跟我记忆中的房子和陈设形成了触目惊心的对比。

院坝里杂草丛生，后院水池上的水管都生了锈，树下的洗衣池长满了绿色的苔藓。二十多平米的厨房，曾经是我们一家最温馨、最热闹、最繁忙、最洁净的场所，在这个最温馨的厨房里，演绎过多少大大小小的厨艺大比拼啊！

母亲的茶饭在家族中是数一数二的，母亲还有一双能化腐朽

为神奇的双手，她能把菜园子里任何一种极其卑微、极其普通的小菜，做成世界上最精致、最美味的饭食。父亲包的包子和饺子的漂亮外形，至今，家族中无人能超越。我的蒸菜系列，弟弟的面食系列，弟媳的川菜系列，都是有些特别之处的。我们姐弟三人山高水远他乡留以后，只要其中的一个回来，这间厨房里就会上演一场厨艺大战。若是在春节，趁着寒假，我们都纷纷从自己生活的地方赶回来团聚，厨房更是香气氤氲，我们姐弟三人的孩子，五个不同年龄、不同姓氏、不同性别的娃娃，在院子里叫着、笑着、哭着、闹着，好生热闹。

眼下，从灰瓦的屋顶能清晰地看得见外面的光亮，父亲亲手盘的土灶，雪白的灶台面上，瓷块儿斑驳陆离，完全分不出本色来了。父亲按照我母亲的想法亲手制作的大案板和大橱柜，曾经

被我母亲清洗得发光、发亮，眼下，也是黑黢黢的，分不出颜色。厨房的大窗户，曾经被我母亲擦洗得纤尘不染，如今，上面被油垢、烟尘熏得近乎看不到外面的景致。后院里，到处都是杂草，到处都是蚊虫。

这座农家小院，是我父母在 1983 年汉江特大洪水灾害之后，在政府的一部分资助下，倾尽所有的物力和财力建起来的。正房有三间两层，一楼的正中间是堂屋，东边一间是我弟弟的睡房，西边一间是楼梯间，楼底下是码煤球的地方，靠近墙角的拐角，盘着一个小地炉。一到冬天，我母亲就生起小地炉，整个屋子暖烘烘的。每天早上，母亲会把炉火烧得旺旺的，把家里十几个暖瓶都灌满开水，一家人不管啥时候用热水都很方便。有时候，母亲会在地炉上炖一大锅羊肉汤或牛骨头汤，这个时候，不光是这间屋，就连整个前后院子都氤氲着牛肉或者羊肉的醇香，这醇香，飘到院墙外的小道上，有路人经过，会禁不住深吸一口气，大声和母亲打招呼，说他们闻到牛肉羊肉的香味了！每每这个时候，母亲总是放下手中的活计，热情地和路人打招呼。

二楼最西边的屋子，是我们家堆放杂物地方，大风车，存放粮食的大油桶，存放酱、醋的大瓦缸。中间的一间，是我父母的睡房，最东边是我和妹妹的睡房。在这一座楼的西边，后来又被我弟弟续起了一栋小楼，我丈夫见我们全家人，尤其是我父母洗大净不方便，就特意在新楼的楼顶安装了一个大锅炉，父母亲非常高兴，父亲赶紧在一楼的悬空走廊上建起了一间沐浴室，还修了一个偌大的盆池。

父母亲离开人世以后的这些年，这座小院儿到处都透着破败，到处都透着荒凉，父母亲的睡房、我和妹妹的睡房，门和窗户都已经关不严实，二楼的走廊上有密集的蜘蛛网，父亲养花的露台灰头土脸，外楼梯的铁栏杆锈迹斑斑，再也不像从前那样闪着油漆的光亮。

整座小院儿被树木和杂草遮掩着，像一座废园，充满了凄凉与破败之感。

父母亲的睡房里，还立着父亲多年前置买的大衣柜，蜘蛛在衣柜与屋顶的三角区结了一张大大的网。我走向衣柜，轻轻打开衣柜的大门，里面各色的衣物从柜子里倾泻而下，我连忙用双手接住，还是有一部分掉在了地板上。我蹲下身子整理，有我儿子小时候的衣服，有张煜小时候的衣服，还看见我儿子的一双小小鞋垫。看着眼前一件件再也熟悉不过的衣物，百感交集。这些衣物中，还有几件是我母亲的。我母亲离开人世后，族中的亲人们按照习俗，各自拿了自己喜欢的衣服和鞋帽穿上。剩下的，和我母亲的气息一起留在了这间屋子。

母亲活在现世的时候，是最不缺衣服穿的。每一个季节换季前，我、堂妹袁涛、妹妹、弟媳都会给母亲买衣服，外面时兴什么，我们就给她买什么。母亲尤其喜欢穿我弟媳给她买的衣服，每每穿上弟媳买的新衣服，她总会跟院子里的大婶儿大嫂、姑娘媳妇夸上好几年。

我在我和妹妹的睡房中间站立了许久。两张单人床还放在从前的位置，我的床放在窗户下面，妹妹的床放在墙角，一张写字台，是妹妹写作业的地方。就在这间小屋子里，我和妹妹说笑过，也打闹过，我们说笑的时候常常把音量放得很低，是为了不让隔壁的父母听见，我们打闹的时候，尽管也竭力把音量压得很低，但常常还是把隔壁的父母吵得心烦。

一个大雪飘舞的黑夜，我和妹妹又打闹起来，隔壁的父亲制止了好几次，都没有成效，最后，父亲忍无可忍，披上棉衣，推开我们的房门，把我俩从床上吼起来，像押解犯人一样，把我俩赶到楼下，拉开大门，命我俩站在院坝中间。说，你俩就站在雪地里，啥时候不打不闹了，啥时候再回屋睡觉。

父亲气哼哼地转身回屋了，就在父亲转身的那个瞬间，妹妹艳儿猫着腰抢先一步从父亲的身边顽皮地溜进屋去了，等父亲回过神儿来，艳儿已经蹬蹬蹬小跑上楼了。父亲站在原地瞪我，我知道他是等我回话，也想让我像小机灵妹妹一样溜回屋。可父亲失败了，我就那样直直地站在院坝中间，一任小雪飘洒在我的脸上、身上，眼睛直视夜空，丝毫没有回话的意思。父亲怕我冻坏了，启发我回话（方言，认错的意思），我就是启而不发，父亲见我这样子，恼怒地转身关上大门，蹬蹬上楼去了，一边走还一边气呼呼地自言自语：“不回话？我看你站一夜！”

不一会儿，母亲下楼来，硬拉着冻得冰冷的我回屋去了。

我们姐弟三人成年以后，一说起这个事儿，父子三人都笑作一团，只有母亲很难过。

母亲对弟弟和妹妹说：“你姐小时候犟啊，太犟了，你们两个小的，只要一看见要挨打，赶紧回话，一回话我就打不下去了呀！你姐她不啊，她一不回话，二不逃跑，就直直儿站在原地，我想打一下吓唬吓唬就算了，可再打她都不回话。不回话、不逃跑也行，你倒是哭呀，你一哭我也舍不得打了。可你姐她就是犟，她连哼都不哼一声，我打的那个气呀，越打越气，越气越打，身上都打起了一道一道的血印子都不哼一声。唉，打到最后，我先把棍子扔了，她不哭，我反倒坐在一边心疼地大哭。”

现在，我倒是愿意母亲拿着棍子吓唬我，不等棍子挨上身子，赶紧给母亲回话，哄她转怒为乐。院坝还在，可是，又有谁来拿着棍子吓唬我呢？

房前屋后成片的大树，见证了我们姐弟三人的成长，也见证了老屋的颓废。

父亲母亲离开人世后，它们在寂寞地摇曳，寂寞地开花，寂寞地落叶。花开花谢，叶黄叶落，枝舞叶动，又给谁人看呢？

站在二楼露台面向汉江远远望去，江面平静如镜，漫进山沟的汉江水，绿茵茵的，泛着亮光。父母活着的时候，我们姐弟三人，无论是谁从山外面回来，一定会从江边开始，一边走一边大声喊妈：“妈——噢妈——”“妈——噢妈——”，直到把母亲喊答应为止。

我们姐弟三人聚在一起，总会有一个人唠叨：“要是大和妈还活在现世，多好啊。”这个被我们反反复复假想了很多年的景象，成了我们姐弟三人心中永远的疼痛。

看着眼前这个曾经无比洁净、无比温馨、无比热闹的氤氲着牛羊肉的醇香的农家小院儿，回想起我们一家五口曾经的苦难与幸福，家庭、亲情总是在一瞬间温暖我们的心底。如果没有父母，如果没有家园，如果没有岁月的痕迹，我们的生命，我们不懈的奋斗又有什么意义呢？

刺玫花上的旧时光

我知道，自己无比迷恋怒放在荒山野岭的刺玫花，是因为在那一个暖烘烘的日子里，母亲用她亲手折来的那一大把刺玫花，照亮了我的眼睛和心灵。

阳光，从才舒展开新叶的枝丫间投射下来，斑驳的影子洒在刚落过春雨的田野里，空气暖烘烘的。我跟在母亲的身后，在这春天的田野里寻找着被当地人叫做蒿子和灰灰菜的野菜。

四十多年前的母亲，年轻、美丽。从我有记忆开始，就记得我母亲像一只陀螺，一只旋转着的陀螺，从早上到晚上再到深夜，就一直不停地旋转。那个时候，我还不知道抽打着这只陀螺的鞭子叫做生活，只是天真地以为，我母亲就是神话故事中的仙女，她不知道劳累，她也不知道饥饿，自然也就不会衰老。

那一年，我父亲身患重疾卧床不起，弟弟妹妹年幼。母亲带着十岁的我步行十几里地，到深山里去寻找野菜，填饱我们一家五口的肚子。

《诗经》中“春日迟迟，卉木萋萋。仓庚喈喈，采蘩祁祁”的人间美丽四月天，正是我们农家青黄不接的荒春，能填饱肚子的，只剩下野菜了。

我家附近的野菜已经被和我们一样饥饿的乡亲挖光了，我母亲这才不得不带了我到更远的深山中挖。

在暖烘烘的春阳下，我帮助我的母亲父亲在年复一年的荒春里，共同背负起隐形的沉重。

我被春日的暖阳照耀着，饿得极快，我的前胸几乎贴到后背了，腰也直不起来了。面对一簇一簇的野菜，我只能蹲着挪移自己瘦小的身子，更多的时候，饿得实在没有力气支撑脑袋，只好把下巴支在膝盖上挖。我尽可能地把裤带一勒再勒。实在饿得直不起腰了，就趁母亲不留神的时候溜到小河边，蹲下身子，用刚刚挖过野菜的小手，掬一捧河水大口大口吞下，一直灌到肚子饱胀到恶心为止。

那河水清凌凌的，在春阳的照耀下，跳动着银色的亮光。

包裹着我的，除了饥饿，还有无尽的新绿。我和我母亲行走在无尽的新绿中间。

还有一种香气也在包裹着我们。

母亲告诉我说，这种香气，是漫山遍野的一种叫做刺玫花的野花散发出来的。

这是一种生长在陕南山间的灌木，碧绿细长的藤条上布满了坚硬的刺。它的生命力极其顽强，繁殖得极快，它们生长在人迹罕至的灌木丛中，或在贫瘠的乱石堆里，每一年的立夏前后开花。花朵仅有小指肚那么大，一串串、一簇簇、一株株，雪一样白，

仙子一样清秀。一夜之间，好像是有谁在指挥似的，齐刷刷怒放，开得拼命，开得热烈。

漫山遍野像是落了一层薄雪。

整座整座的山上，整条整条的山谷，都氤氲着刺玫花的香气。

这是一种馥郁的清香！

这是一种孤独的花儿！

这是开在深山人未识的花中仙子！

我喜欢极了这种质朴的野花，喜欢极了这一种馥郁的香气！

等到我和母亲的大竹篮子再也装不下野菜的时候，母亲折来一大把野刺玫花儿，小心翼翼地剔掉了枝上的刺，这才递给我。

我的眼睛和心灵，就是在那个时刻，被母亲折给我的这种叫做刺玫花的山间野花照亮的。

眼睛和心灵一旦被照亮了，饥饿感也就减轻了。

有刺玫花香气的荒春，是温暖的，也是亮堂的。眼睛温暖了，心底亮堂了，生命也就有了亮色了。

温暖的严冬

我出生的地方，是一个临汉江的小镇子。

两年前，我又回到离别多年的出生地，无比惊愕地发现，山脚下原先的村庄、街道，已经无踪无影，取而代之的是两排一模一样的单元楼。

叔父告诉我说，这是移民小区，是政府的惠民好政策啊，现在，半个镇子都是这样的小区。政府动员居住在高山、深山的村民搬迁到镇子上居住，一来是保障退耕还林，二来是保障娃娃们来镇子上学。

原来是这样啊。

统一的房屋一直顺着小河延伸到山谷更深处。

童年时代，我就是顺着这条依山谷而建的狭窄街道，一直往更深处走，在离家三公里地的一个叫龙脖子的地方，是棕溪镇小学。镇子上的娃娃们都是在这里上完小学的。

空寂的街道，两旁都是黑黝黝的大山，隆冬的早晨，刺骨的寒风吹得人睁不开眼睛。一道又一道寒风，像鞭子一样抽打在脸上、手上，生疼。

有好几年的冬腊两个月，我都和父亲一道，在凌晨四五点钟起床，我们父女俩顶着全世界最黑暗的夜空，迎着全世界最寒冷的风，走在狭窄而又寂寥的街道上。我手里提着父亲给我做的小火炉，父亲提着一个竹篮子，里面装着我母亲准备的宰羊用的各种用具，父亲是要到中街的供销社去宰羊。

那时候，从每一年的冬月起，供销社就要把从各个生产队收购上来的山羊宰了，把羊肉运到县上去。

每一天宰羊的数量也是有规定的，每天必须在规定的时间内把羊肉送到县上去。供销社主任专门请父亲完成这项任务，父亲每宰一只羊的报酬是这只羊的羊杂碎。

宰羊这个活儿，一个人根本无法完成。在剥皮之前，必须有一个人帮助扯羊腿，才能把从胸脯直至胯下的羊皮和羊肉分离开，扯羊腿这个活儿比较轻松，小娃娃都能完成。父亲从小就让我接受这样的培训，所以，每一回宰羊，我总能和父亲配合得非常默契。

父亲带着我从供销社的后门进入院内，院内专门管理山羊的工作人员拉出当天要宰的几只羊。每一天，我都要在上学前帮助父亲把这几条羊的皮剥离后，才飞快地跑去上学。

父亲麻利地拢起一团大火，噼里啪啦的柴火声回响在无尽的夜空，寒冷的凌晨在这噼里啪啦声中变得温暖起来，我蹲在火堆前烤火，父亲熟练地赶刀，等到把几只羊全部赶完刀，往每一条羊身上吹满气，每一只羊看起来像一个个巨大的山羊气球的时候，这才喊我：“大女儿，来呀，扯羊腿呀！”我浑身烤得热乎乎的，在晃眼的电灯下扯着羊腿，听得见柴火的噼啪声，听得见父亲剥刀剥离羊皮的嚓嚓声。黎明，冬日寒冷的黎明就在这两种声音中如期而至。

冬日的黎明，被寒冷冻僵了。一抹鱼肚白从东方亮起，山间，一片苍茫雾气，寒冷，安静，有一种永恒之美的感觉。

整个冬季里的每一天，我都和父亲用这样的方式迎接着黎明。在那样寒冷的凌晨帮助父亲养家糊口，心头上涌起的不是睡不饱觉的不满，更不是伤心难过，而是温暖、平静、喜悦与满足，还有一种成就感。

因为有了这一副副羊杂碎，就意味着我们一家五口能度过又一个饥荒的严冬，更重要的是，第二年的“荒春”，我们一家人就能够靠着被母亲收拾得干干净净、风干了的羊蹄，度过青黄不接的严峻季节。

以后的每一个寒冬，无论我在哪里，也无论我在做什么，我永远会记得童年时代的那些年的严冬，这成为我永远的温暖记忆。

回想起我们一家五口曾经的艰难岁月，家庭的概念、亲情的意义总是在瞬间闪现。如果没有严冬凌晨那一堆红红的火，没有父亲的赶刀（宰牲口），没有曾经的苦难岁月和凌晨扯羊腿的经历，我的性格会失掉一半的坚韧。

门前有棵柿子树

一

柿子树长在老屋院坝围墙的石坎下，很老，很高大。从树根到树冠足足有三层楼那么高。

柿子树有些年月了。

还是在我刚上初中的时候，父亲就说它已经有 30 多岁了。粗壮的树干，十二三岁的我合抱不拢。它的树皮呈现出深沉的灰黑色，树皮上布满了密密麻麻的沟纹，裂成一块又一块不规则的长方块状。每一个小方块里都记录着岁月的痕迹。少年时代的我绞尽脑汁也想不明白，在我乡下老家那个只长荒草不长庄稼的无比贫瘠的大山里，怎么就能够长出那么高大茂盛的树呢？

长大后我才知道，那是一种极能耐瘠薄的树，坚韧如我乡下老家终日劳作的乡亲。

夏日里，老柿子树浓密的树冠，像一把撑开着的绿绒大伞，将院墙外的荒石坡严严地笼罩住。甚至，有一个粗壮的枝丫伸在了老屋二楼楼顶的大露台上。阳光从浓密的树叶间泻下来，将斑驳的细碎的影子投射在树下的荒石坡上，投射在院坝的围墙上，投射在楼顶的露台上，一如我少年时代无数个细碎的梦。

早些年里，乡下孩子几乎个个会爬树，男孩子女孩子都会。

每一年的农历八月，我和小我三岁的弟弟就频频地爬上那棵高大沧桑的柿子树。因为，这个时节里，柿子开始成熟了。慢慢变红变黄的柿子，像一盏又一盏红红的灯笼高高地挂在了枝头。我们爬上去，目的就是为了吃上又面又甜的红柿子。每一次爬上去，我总是坐在树枝上，贪婪地吃，一直吃到肚子鼓鼓的，再也装不下为止。记忆中，那是世界上最好吃的水果了。

弟弟从小就憨厚老实，极其孝顺懂事。每一次上树，他总是摘得比我多，可他就是不舍得吃，把衣服裤子的口袋装得满满的，之后，像个灵巧的小猴子似的爬回地面，把满口袋的红柿子一个一个掏出来递给母亲。

也有的时候，院子里的伙伴儿们会跟我和弟弟一起爬上树去摘柿子吃。母亲因为非常乐意我们和伙伴儿们一起玩儿，所以，对这样的近乎扫荡的采摘，她从不指责。

我们熟练地爬上爬下，陶醉在空中摇荡的惬意中，陶醉在红柿子软糯香甜的滋味里，在高大茂密的树上树下快乐地大喊大叫，幸福地大快朵颐……

母亲是一个能将粗粮细作、细粮精做的能手。她充分发挥了我们这一群“猴子”爬树的专长，柿子开始变黄，每隔几天，她总会递给我们一个大竹篮子，篮子的提手上绑着一根细长结实的麻绳，吩咐我们摘下黄的青的柿子。等篮子装满后，树上的“猴子们”会小心翼翼地拽住绳子的一头，将篮子放回地面。母亲是要给我们暖柿子。

在我们陕南乡下，把没有成熟的青的黄的柿子用温水泡，祛除涩味，叫做“暖柿子”。暖柿子看似简单，实则是一件很辛苦的事情。用一个陶瓷的大坛子，先装进涩柿子，再注入清水，然后封上坛口。最后，需要不停地在坛子的四周添火退火。坛子里的水温必须保持在 40℃左右，太凉了，去不掉涩味，太烫了，又烫熟了，颜色变得乌青，俗称“暖死了”。一天之内，必须不定时搅动，以保持坛内水温的均匀。

两天过后，被母亲暖过的柿子已经完全去掉了涩味，外形、颜色几乎没有变化，滋味却跟两天前截然不同。吃起来脆生生甜滋滋的。

二

老柿子树旁院坝东边的墙角，是我父亲亲手修缮的一个羊圈，羊圈里面关着几只大小不一的山羊，是我母亲一手喂养的。羊圈的隔壁，是一个美观的鸡舍，这个鸡舍也是我父亲编制的，里面养着十几只大小不一的公鸡母鸡，这一群公鸡母鸡也是我母亲一手喂养的。

不知道什么原因，我始终不喜欢鸡，不论公鸡还是母鸡，也不论大鸡还是小鸡，但对羊却是情有独钟。每天傍晚，在母亲给几只羊饮过水关进羊圈之前，我总会逮住一只羊，抱一抱，摸一摸。被我抱过或摸过的羊，总是极不情愿地逃也似的挣脱，跑进羊圈。

母亲在饲养公鸡母鸡、公羊母羊的过程中，获得了内心的宁静。母亲喂养的那几只羊和那一群鸡，都是有灵性的。羊和鸡只要看见母亲的身影，总会迅速围上来。它们知道，在这座农家小院里，母亲是最慷慨的。她就像是一位魔法师，总能为它们变出各种好吃的吃食。在我们这个五口之家里，作为妻子，她想给自己的丈夫足够的体面；作为母亲，她想给自己的三个儿女最好看最温暖的衣裳和最营养最美味的吃食；她想把自己的日子过得富足、亮堂。而这一切，都需要母亲一年 365 天天天不停的劳作来实现。

我们的父亲，从来都是我们姐弟三人心目中最坚实最可靠的大山。

当村里绝大多数的男人还是有限的贫瘠坡地里的守望者时，他就组织了村里另外三个能人，率先在村子里开了一家桐油坊。父亲一伙四人下武汉、上汉中，为油坊添置了在当时一流的设备。这以后的十年间，每逢芝麻、油菜籽、桐籽成熟的季节，父亲油坊里的机器就夜以继日地转个不停。灯火通明的油坊，一度成为汉江边上那个小镇子里一道耀眼的风景。

三

陕南乡村的秋末冬初，落寞得像寒夜里的一弯冷月。所有的树都落光了叶子，所有的人都在忙碌着，手脚不停。

遇上晴好的星期天，我还是要爬上老柿子树的，尽管树上已经没有了柿子。这个季节里，我爬上树的目的也是唯一的——远望。

我们的村子，四周围的山陡峭得像是从地上立起来的一样，每到冬日，日照时间只有两个小时。四周围层层叠叠的高山将村庄严严实实地包裹着，村子宛如一只巨大的永远也无法破茧的蚕蛹。

我爬上没有树叶遮蔽的树顶，想看得更远一些，可我望见的依旧是那一座又一座连绵不绝的大山，不足五百米开外的偶尔从汉江驶过的船只，还有，江边襄渝铁路上呼啸而过的一列列火车。

母亲像一只旋转在屋里屋外的陀螺，我在树上看见母亲在院子里忙碌。偶尔一抬头，发现我在落光了叶子的树上，便会嗔怪着，你赶紧给我下来吧，你看你都多大了，还像个男娃娃一样爬树，哪儿还有个女娃娃的形儿吆？

我愣在树上。第一次有了心事。第一次有了想走出这怎么望都望不到头的大山的愿望，那愿望是如此的强烈。

四

偶尔，母亲忙完了里里外外的家务活，安顿弟弟妹妹入睡后，也会搬来两个小凳子，疲惫不堪地来到楼顶的露台上。我们母女俩就静静地坐在小凳子上，有一搭没一搭地说着话儿。我们的身旁就是那棵老柿子树伸展开来的枝丫，触手可及。黑夜中，听得见老树的酣睡声，听得见山坡灌木丛里虫儿的鸣叫声，听得见门前小河的哗哗流水声，听得见五百米开外铁路线上呼啸而过的火车的哐当声。我们的头顶，是高远的夜空，星星眨着眼，山谷里安详、神秘。只有我和母亲清醒地、安静地坐着。我们母女俩很少有这样共同的时刻，我们母女俩还能听得见彼此心跳的声音。星光照着这个安详的农家小院儿，一棵老柿子树，母女俩。

我太想了解外面的世界。

我少年时代的梦想，在乡村宁静、美丽的夜空下，在母亲的鼓励中，插上了翅膀，在夜色笼罩着的深山里，飞得很远很远……

山谷里静悄悄的，只有门前小河的流水唱着永不疲倦的歌。

山风吹拂，老柿子树发出哗哗的声响。在那种声响里，有着母亲无限的心事，有我无法遏制的少年的梦想。

我一定要走出大山，我这样想。

你必须走出大山，你必须给你的弟弟妹妹做出个样子，母亲这样对我说，声音低缓而又无比坚定。

我和母亲都知道，深山里的女孩儿家，走出大山，唯一的通道就是读书。

老柿子树下，我和母亲各自背负起隐形的沉重。

五

我终于成为父母亲的骄傲，成为我们山村的骄傲。方圆几十公里的人都知道我的名字，尽管很多人都没有见过我的面孔。知道袁家大女儿虽然言语不多，但极其倔强，极其有志气，三番两次高考，到底跳出了农门，是那个小山村屈指可数的走出大山的女孩儿家。几年后，将是一名受人尊敬的国家教师了。

我圆了自己少年时代的梦想。

我祛除了压在我母亲心头上多年的心事，消除了我母亲心头多少年来的块垒。

接到录取通知书的第二天起，陆陆续续有亲友、乡亲们来家庆贺。

临入学的前两天，我的父亲从院坝东头的羊圈里牵出一只最大最壮的羊，在老柿子树下宰了。羊肉和羊杂一点不剩地用来招待前来为我庆贺的亲友和乡亲们。

那一个中秋的午后，院坝里摆了几桌饭菜，满院子的欢声笑语。

那一天，柿子树上仍有一群猴子似的男娃娃女娃娃在嬉戏、在尖叫、在摘柿子。

我跟着母亲，在院里院外穿梭着。

偷空，我站在院坝的一角，看眼前的男女老少，听他们把我当成活教材来教育自己家的娃娃。我听见大家夸我的父母亲教女有方。我看见我的父母亲穿梭在每个桌子中间，笑盈盈地招呼大家吃好喝好。

院坝四周，父亲为了驱蚊，燃起了成把成把的艾蒿。艾蒿袅袅升起的青烟氤氲在院坝的每一个角落，氤氲在每一个人的身上，空气中弥漫着一股独特的、淡淡的苦香。

六

冬去春来，阳光一年又一年不变地照耀着老柿子树。老柿子树上的干枝丫逐年增多。

在我的孩子学会了爬树的时候，那棵树，竟是满目疮痍了。

每一年都会有干枯的枝丫不再抽出新芽。

不再发出新芽的枯枝，被我的父亲用一个长长的竹竿扳下来，母亲把它们用砍柴刀剁成一小段儿一小段儿，整整齐齐地码在屋檐下，当成柴火烧。

又过了几年，老柿子树上所有的枝丫，全都被我的母亲填进了我们家厨房的灶洞里了。

再以后，老柿子树的主干被父亲做成菜墩，分送给了村子里的人们了。

父亲特意给我也做了一个菜墩。

那菜墩，我只用过几次就不舍得用了，直到今天，我还把它珍藏在我自己家的厨房里。

凌晨，炖羊肉的醇香喊醒了我

这个凌晨，我被母亲亲手炖的羊肉的醇香喊醒了。

这个凌晨，距离母亲永远离开我们，已经有七个年头了。

无边的黑夜，像一条长长的收藏记忆的隧道，我穿越了过去。就这样，我见到了我的母亲。

温暖的寒夜上空，点缀着寒星，像一盏盏灯盏，照亮了我和母亲回家的路。

我和母亲回到了珍藏我所有美好记忆的老屋，那座四周围栽满了红椿树的农家小院儿。

那座农家小院在我的心里，有着极强的归宿感。那个暖意漾满心间的寒夜里，我看见我母亲身着碎花棉袄在小院儿里忙前忙后，她乐呵呵的，一直在笑。我就像她的尾巴，一直跟在她的身后进进出出。

我母亲在前院的院坝里支起一只炉灶，坐上一口硕大的闪着银光的大锅子。锅里炖着的是一大块儿一大块儿的羊肉，还掺和着一大块儿一大块儿雪一样白的萝卜。我就围着这口大锅忙碌着、笑着。羊肉锅散发出来的浓酽的醇香就是在那一刻把我喊醒了。

拧开台灯，我看见手机上显示着这样一组数字 5:00。

这浓酽的炖羊肉的醇香，就这样在凌晨的黑夜里，在我清晰的记忆里弥漫开来，开出了花儿。

宰　牲

乡下庄户人的冬天，是一年当中最温暖的季节。温暖的冬季，从冬月就开始了。

冬月，当刺骨的寒风飕飕地沿着狭窄弯曲的山谷劲吹时，就会有成年山羊哀伤绝望的尖叫声从苍凉的农家小院里钻出来，飘荡在陡峭的山谷和光秃秃的树梢。山羊绝望的尖叫声传出的地方，总会有一个族人在从容地宰牲。他的面前，卧着一只成年山羊。这只羊，除了右后腿松着，其余的三只蹄子已被细细的、结实的绳子绑着。这留下来的一只蹄子，是让羊弹命用的。

执刀的族人，用左手扯住羊颈部的皮，右手执一把小而锋利的宰羊刀，只见小刀子的寒光一闪，羊的气管、食管和血管就被同时割断，如注的鲜血瞬间全部喷入事先刨好的土坑里，点滴也不溅出。

十分钟左右，一只壮硕的山羊便成了合法的宰牲物，将成为我老家族人家的盘中美味。

惊心动魄的一幕过后，赶刀的族人手脚麻利且动作灵活地剥羊皮、剖内脏，做得干净利落，毫不拖泥带水。不一会儿，一条剥了皮，扒了内脏的羊，一分为二地高高地挂在院子里套结实了的肉钩上了。

很快，家族中的每一户人家的厨房里会飘出或清炖羊肉，或爆炒羊肝儿，或爆炒羊里脊，或羊心肺焖玉米糁干饭的醇酽香味。

一只活蹦乱跳的成年山羊，从羊圈里牵出，到烹熟，最快的不到半小时，最耐火的米粉蒸羊肉也不过三个小时，谁也不能怀疑，这便是世界上最洁净的肉食；谁也不能怀疑，这便是世界上最新鲜的肉食；谁也不能怀疑，这被浓酽到化不开的醇香紧紧地包裹住的冬日，是我们乡下人家一年当中最温暖的季节。

每一只山羊，不足十户的族人家都能享受一份。

爆炒羊肝儿

我能做得一手喷香的饭菜，全都缘于我的父亲母亲手把手的传授。

无论谁家宰了羊，往往是我那讲究精致吃饭、精于品茶的父亲最为积极，最为活跃。他常常取了热乎乎的羊肝儿、还散着热气的热里脊条儿，若是赶上我回家的日子，他总会眯起那双小眼睛，拉长了嗓门儿吩咐我：大女儿——去，给我们爆盘儿羊肝儿去。

每每此时，我母亲就忙不迭地从后院儿抱来干柴火，熟练地坐在灶膛前添火，为我打下手。

我的老父亲顶喜欢吃我炒的羊肝儿。

我爆的羊肝儿真的比酒店里的羊肝儿要好吃得多。

一个健康洁净的枣红色的羊肝儿，会被我平铺在厚实的菜板上，熟练地用菜刀轻拍几下，顺着剥苦胆留下的刀痕，轻轻撕开一个小缝隙，那层包裹着枣红色羊肝儿的膜会顺着我手指滑动之处，柔顺地剥离。这剥离了一层膜的羊肝儿被倾斜着的、锋利的菜刀一片一片片下来，最成功的刀法是把羊肝儿尽量片得又大又薄。

等整个羊肝儿在我锋利的刀刃下全部飞出来后，取一个稍微大一点的钵，装进它们，再撒上盐、糖、花椒面儿、生抽、芡粉，抓匀，腌上十分钟左右。等待腌制的过程，我麻利地准备配菜，黑木耳、泡菜、葱、姜、蒜苗。等我做好这一系列准备工作，我母亲也已经将灶膛烧得滚烫。此时的我，像一个资深的厨师似的，从容地倒油、炒配菜、爆肝儿。仅仅两分钟的时间，一盘儿香爆血肝儿就被端上饭桌来。粉红色的泡菜妖娆，褐色的血肝儿娇美，绿色的蒜苗鲜活，它多像一座迷你的盛开着的小花园儿！袅袅散开的热气引领我们一家走进一个温暖而又美妙的境界。

挑剔的父亲一边品尝，一边不住地向我的弟弟妹妹啧啧称赞："啥叫爆羊肝儿？这就是正宗的爆羊肝儿！你姐爆的羊肝儿，最鲜、最嫩、最美味！"

清炖羊肉

清炖羊肉，是我们乡下回族人家最钟爱的一种吃食。

吃清炖羊肉，必须与锅盔搭配。这两种吃食搭配在一起，堪称绝配，也是我们老家招待贵客的首选饭食。

清炖羊肉，选料是一件颇为讲究的事情。

炖肉，必须选羊肋肉。这个部位的肉质酥、嫩，肥瘦相间，均匀地排列于羊的两肋之间。回族人家都知道，贴骨的肉质感细腻，口感醇香，最适合炖汤。

从肉架上取下一块儿羊肋肉，用剁骨刀剁成鸡蛋大小的块儿，冷水冷锅，放进肉块儿，用大火将其烧开，趁着沸腾的浪花儿，赶紧撇去浮沫，随即转用小火，加入葱段儿、姜片儿、花椒、干辣椒，盖上锅盖慢炖。

要不了多久，锅里鲜嫩的羊肉就会散发出一阵又一阵醇香，这种独特的醇香会弥漫在整个农家小院儿。以至于，隆冬时节的任何一户回族人家的炖肉，都能让寒冷、干燥、肃杀的空气中，开出最温馨的花儿。

等到小火将肉块儿炖到八成熟，骨肉刚刚开始分离的时候，就该下萝卜了。

这萝卜，选料也是极为讲究的。往往，村子里的人家都会从自家的菜园子里挑选上等水灵的红皮白萝卜，洗净后，仔细地剔除根须，洗净后切成鸡蛋大小的滚刀块备用。

萝卜下锅的同时，灶膛里得添上一把猛火，等锅再一次沸腾后，改为中火，盖上锅盖继续炖。二十分钟后，一大锅羊肉酥松醇香、萝卜雪白清香、汤汁清亮鲜美的清炖羊肉就做好了。热腾腾的清炖羊肉，配以滚烫的锅盔、碧绿的香菜、鲜红的油泼辣子，足以让人的胃里心里一齐舒服、满足。

在我老屋，每逢我们姐弟三人中有一个回去，我的父亲母亲必定会精心炖一锅羊肉。而且，必定是我母亲亲手炖制。家族中，我母亲烙出来的锅盔堪称一绝，至今仍无人能够超越。

母亲烙锅盔有一个习惯，她喜欢用自己家厨房里的土灶。

母亲烙锅盔，从和面到火候，再到炊具，都是极为讲究的。她会用老面酵和上一团面，不定时地反复揉，以便面团充分发酵。

我的父亲母亲在做这个饭食上，配合得十分默契。每当母亲开始烙锅盔时，父亲一准儿会熟练地做各种准备工作，把靠在墙边的方桌挪到堂屋的正中间，四周围摆放好椅子。方桌正中放着两只精致的小碗，一个里面盛的是红艳艳的油泼辣子，一个里面盛的是碧绿碧绿的切成段儿的香菜。

等到我母亲烙的那两面金黄、一寸薄厚的像圆月亮似的锅盔出锅时，父亲也亲手将滚烫的炖羊肉盛入我们每一个人的汤碗里。他像一个叱咤风云的大将军，一边指挥着我们把盛的满满的炖羊肉端上方桌，一边麻利地将那张大锅盔切成小牙儿装进小竹筐里。父亲切锅盔时，总会有脆生生的“嚓嚓”声传出，那是一寸厚的，有着金灿灿的外壳的锅盔发出来的声音。在我的耳际，那声音是世界上最温暖的声音。

滚烫清亮的汤汁，火红的油泼辣子，碧绿的香菜段儿，雪白的萝卜，粉红的肉块儿，冒着热气有着金黄色盔甲的锅盔馍，吃起来，口舌生津，香气四溢，让人的胃里和心里一起舒服。若是把锅盔馍掰成小块儿泡进热汤里，那馍的滋味就显得更绵长、浓香。

经历了我父母亲精心的制作之后，羊肉与萝卜这一对黄金搭档的优秀品质被完全激发了出来，浓烈的、醇酽的肉香汤鲜不定时地伴随着我们一家一起，走过了春夏，走过了秋冬，一走，就是几十年。

在寒冷而又温暖，肃杀而又生动的日子里，炖羊肉的醇香一直不曾淡过。我们有滋有味地喝着，嚼着。浓浓的怎么也化不开的血脉亲情从我们一家每一个人的心底里流淌开来。那种醇香，在我的父亲母亲离开人世多年以后，仍旧鲜活地定格在我的记忆深处。以至于，在这样一个寒冷的凌晨，将我从睡梦中亲切地喊醒。

羊肉包子

等到我们姐弟三人分别成家后，就各自山高水远他乡留了。我们会尽量创造机会在同一个时间段带上各自的家人回老屋相聚。我们回老屋相聚的日子里，蒸羊肉包子成了最隆重、最热闹、最生动的一件大事。

选羊后腿肉，剔骨，切成条儿，再切成玉米粒儿大小的丁。新鲜水灵的红皮白萝卜洗净，同样切成玉米粒儿大小的萝卜丁，用盐腌制 10 分钟左右，挤去沥出来的水分，将肉丁儿与萝卜丁儿混合在一起，配上切成末的生姜，切成丁的葱花，放入花椒粉、苜蓿粉、盐，充分拌匀。这，就是包子馅儿了。

通常，我的母亲会像侍弄婴儿似的，侍弄一团发面。这团面一定得用老面酵母发酵。严寒的冬季，发面是一个技术含量极高的活，它是检验一个女主人厨艺的试金石。和面必须用发酵到恰到好处的酵面引子，而且，必须是一点一点地将面粉和成絮状。之后，再把这絮状的面揉成团。这样和出来的面劲道，层次感极强，越嚼越香。揉好的面团，需要一个苛刻的发酵环境。面团周围的温度不能太低，低了，面团就会受冻，面发不开而成为一团死面。温度也不能偏高，高了，面团就会硬化。所以必须给它一个适宜的发酵环境。

往往，冬季发面这种高难度高风险的活都由我母亲亲手操作。在我们家，只有母亲才有这样高超的手艺。

等面团完全发酵成功后，我们全家人一起参与这个温暖而又鼓舞人心的盛事。雾气氤氲的厨房里，一派热闹繁忙的景象。那情景，好生热闹！那情景，至今一想起，仍叫我的心底瞬间变得潮湿，湿了岁月，湿了记忆，湿了所有。

我负责擀皮儿，父亲负责包，母亲这个时候也就完成了她的任务，被她的孙子们用一张椅子请在了厨房的小火盆前，俨然一位功臣，神气地坐在椅子上呼风唤雨，临阵指挥。大小不一，姓氏不同的五个小孩子嬉戏于堂屋、院坝与厨房之间，笑声、叫声、哭声此起彼伏，不绝于耳。

我的小妹，会和五个娃娃一起嬉闹，嬉闹声生动了整座小院。

我的弟弟弟媳会给土灶里添柴火，给大铁锅里添水、放篦子、铺树叶。

这树叶，也是有讲究的，它是从一种叫做青桐树的落叶木上长出来的叶子，外形像一把张开的扇子。每逢秋风扫落叶之时，我母亲总会在青桐树下挑选最漂亮的树叶子，把它们绑成一小把一小把，悉心保存起来，专门用来在冬春两季当笼布蒸馍用。用这种树叶子蒸出来的馍带着一种独特的树叶子的清香。这种清香会随着蒸汽浸入了馍的每一个细胞。这是任何食品添加剂都比不过的来自山野的纯天然的清香啊。

父亲对包子皮儿的要求是极其苛刻的。他在我刚刚学着做饭起，就手把手地教我擀饺子皮儿、包子皮儿。这包子皮儿要擀成四周薄、中间厚、几乎规则的圆形。也难怪，父亲包出来的包子，若是静卧在案板上，无论从哪个角度看，都堪称是一件精美绝伦的手工艺品。从我少年时代父亲手把手教我擀包子皮儿至今，已经过去三十多年了。我用了三十多年的时间来琢磨父亲的那双手，直到今日，我还是没能够弄明白，这一双老农夫的手，粗糙而又结实，这样的一双手，怎么能拧出那么均匀、那么细致的褶皱？这样的一双手是怎么做出一个又一个像工艺品般的包子？可它就的的确确在我们目不转睛的注视下，从父亲粗糙的双手中横空出世的。

我们姐弟三人无论怎样努力，也无法达到父亲做包子的那个高度。于是，父亲的包子也就成了我们家包子的绝版。

等到精美的生包子摆满偌大的案板的时候，第一锅生包子英勇地排列在冒着热气、铺满金色青桐树叶的大篦子上了。盖上锅盖后，灶膛里填上一把大火，不一会儿，乳白色的雾气弥漫在偌大的厨房，一股淡淡的树叶子的清香、麦香便扑面而来。这便是我乡下老屋特有的气息。

这气息，丝丝缕缕经年累月浸入了我的每一寸肌肤、每一个细胞之中，让我晕眩，让我迷醉。

也只有在这满屋满院四处弥漫的空气里，我才能真正触摸到家之魂。

蒸锅里的蒸汽充分盈满时，父亲就开始计时了。三十分钟后，揭开锅盖，丰盈娇媚的包子花儿，满满地盛开在篦子上，这精致的、出自父亲手下的包子花儿！

往往，这第一锅包子，是全家三代人的正餐。母亲早在蜂窝煤炉子上熬好了一锅清淡而又清香的大米稀饭。我们一家老小围着桌子，那烫手的、精致的包子花儿啊，托在手上，叫人看着实在好看，以至于爱怜到舍不得下口。

我们大家称这种包子是“屋里的包子”。之所以这样命名，是因为它带着家的味道，爹妈的味道，这种味道是独一无二的。

还因为，包子的滋味好吃得的确不同寻常。我敢说，那是世界上最好吃的包子。

父亲母亲把每一次蒸包子都当成一个大活来忙碌，他俩是想在我们姐弟三个离开老屋回到自己小家的时候，每人还要带走一份儿。

一锅一锅精心蒸出来的包子花儿，每一个都是精品。每一个都被母亲小心翼翼地摆放在竹制的筛子上冷却。冷却后的包子花儿，会被父亲整整齐齐地装在食品保鲜袋里，每包或六个，或八个。分成三份儿，我们姐弟三人分别带回自己的小家里，放进冰箱。忙碌的时候，想家的时候，馏上几个包子，家的味道就这样在身心蔓延开来。

在嘈杂的市中心，我自己家的厨房每天都被我收拾的洁净、明亮。但在这样的厨房里，我时常感到孤独和冷清。闪着银光的锃亮的不锈钢厨具，永远也看不到明火的电磁炉，掺和着增白剂的闻不到麦香的面粉，用饲料饲养的羊肉，使用过化肥农药的大萝卜，它们让我怎么也做不出父亲母亲的包子来。

可是今天凌晨，这个被母亲的炖羊肉喊醒的凌晨，我躺在黎明前的无边的冬夜里，内心却是那么温暖祥和。我默默无语，凌晨也默默无语。这个寒夜，给我送来了远在天堂的母亲，送来了我久违了的炖羊肉的醇香，送来了父亲的包子花儿。这个寒夜，带我回到了久别的老屋。

这个寒夜，更像是一本干干净净的大书，它上面写满了关于亲情的文字，布满了那座农家小院儿的朴素的画面。读一读它，就是抚慰内心的一阵又一阵疼痛。

宛在花中央

山脚有条流淌的小河

那时候，我刚上初中。因为是长女，所以，无论春夏还是秋冬，衣着永远比弟弟妹妹讲究、鲜亮，永远是姐弟三人当中唯一一个不必非要等到过年才能穿上新衣的孩子。但是因为瘦弱，无论什么颜色和款式的衣裳穿在身上，都显得空空荡荡的。

我梳着两根小辫子，因为那个年龄已经知道爱美了，所以，每天清晨都会把辫子编得光溜溜、齐整整的，时而把辫子挪在胸前，时而把它甩在背后。我也时常为这两根小辫子的枯黄和稀少感到羞愧。

每一个暑假里的清晨和黄昏，我都会甩着这两根小辫子，如约到门前那条小河畔。

小河流淌在两山夹一沟的山脚下。距离半山腰上我家的距离差不多一华里。从家到小河，是一条由父亲一个人开辟出来的小路，陡峭如壁，弯曲如肠。

小河水流欢畅，水质清澈，正常的情况下，我每天要从小河上趟过来趟过去好几次，河水差不多没过我的膝盖。每次淌水的时候，我总喜欢穿着父亲从供销社给我买回来的那双漂亮的塑料凉鞋，还把母亲请裁缝铺的张姨给我量身缝制的裤子挽得老高老高。

夏日里的小河，永远是最热闹的。

村子里的大婶大嫂小姑娘们，天刚亮就陆陆续续来到小河边。有洗菜的，有洗碗筷的，还有挑水的。河水清幽幽、凉爽爽的，洗衣女的捣衣声，河水的哗哗声，还有河边女子的说笑声交织在一起，清新而又美好。

我这个时候来到河边，多数是来洗菜。年幼的妹妹就像是我的小尾巴，嗲嗲地、聒噪地跟在我的身后。有的时候，她也会帮着搭把手，端着个竹筐子，里面码着我在河里洗干净的蔬菜，走在回家的路上。这条山间小道上，妹妹走得趔趔趄趄，走得心惊胆战，常常害得走在她身后的我一身一身地出冷汗。

山里的太阳落得极早。太阳一落，我就挑着一对铁皮水桶下河了。我得用这对铁桶帮助我母亲把厨房那口大水缸装满清水。除此之外，我还得用这一对水桶把楼顶那口同样大的水缸装满，楼顶这口水缸里的水，是我那个嗜花如命的父亲用来浇他侍弄的几十盆花草的。

印象里，母亲一辈子都是忙碌的，她永远是家里第一个起床的人，只要是一起来，就像一只陀螺，不停地旋转。烧开水，给父亲泡茶，打扫屋子里的卫生，喂鸡，喂羊，下河挑水。我的母亲没有上过一天学，可她的统筹学却运用得炉火纯青。我一觉醒来，院子里烧水壶的嗞嗞声，公鸡母鸡的啄食声，母亲与雪白山羊的对话声，还有扫帚的刷刷声，成了这座农家小院儿的黎明交响曲。

我不忍看见母亲额头上永远也擦不尽的汗珠，每一个清晨和傍晚都会主动地挑着那担水桶往返于小院儿和小河之间。

因为从小河到小院儿之间的这条小路上，几乎找不到一块能够放置水桶的平地，所以，我必须咬紧牙关把大半桶河水一口气挑回家。坚硬的扁担在我瘦削的肩头上的分量与脚步俱增，我只能把它不住地从左肩通过后颈换到右肩，以此来减轻越来越重的压力。

仙人掌花

我喜欢极了楼顶上父亲的小花园。

当初在盖这座小楼时，父亲特意为家人留了这一大片露台，乘凉，晾晒粮食，又为自己的花儿留了一圈儿约一米宽的廊檐。

一进入初夏时节，父亲的花儿开满廊檐，玻璃海棠、栀子花、太阳花，楼顶变得热闹非凡。一到暑假，那里则更是姹紫嫣红，生机勃发。母亲最喜欢那几盆凤仙花，在我们乡下，它们被唤作指甲花。每到指甲花全面怒放时，母亲会拿出一只好看的花瓷碗，把红的、粉的指甲花摘下来放进碗里，末了，再摘下几片叶子放进碗里。她手把手地教我把花朵和叶子加入适量明矾捣成泥，敷在指甲上，包裹。如此这般，我的十个手指甲被零落成泥的指甲花染得红艳艳、亮晶晶的，煞是好看！我又用母亲教我的方法，把妹妹的十个手指、十个脚趾都染得娇艳、红亮。

我最喜欢的要数那盆仙人掌花了，这盆花，是父亲用心最少的一盆了。

一日，母亲晾晒衣服时，手指被它细小的刺扎伤了，迫于母亲的埋怨，父亲就把它挪移到了一个最偏僻的角落，连水也懒得给它浇了。

一个平凡的清晨，它却开花儿了！

在我的眼里，它是院子里最美、最耀眼的花儿！它是院子里最震撼人心的花儿！父亲的那盆仙人掌花儿是淡黄色的，花瓣如丝绸般平滑又富有弹性。它凝然静立，质朴而又高贵。我时常安静地久久凝视着它，凝视着高高地擎着它的仙人掌。

我傻傻地想象着，这丑陋、冷峻的仙人掌，它怎么就开出了这么娇美、这么冷艳、这么高贵的花儿来？直到后来成年后，再看父亲的仙人掌花儿，蓦然间顿悟，美丽，一旦与坚韧相结合，那就可以创造出不可摧毁的神话来。

月月红

我家小院的山墙上，有一株月季。那株月季的枝叶非常茂盛，从山墙脚下一直伸展到二楼的走廊上，占据了少半个走廊，挡住了半扇门。父亲不得不用柔软的绳子将它的枝丫束缚住，捆绑在廊柱上。

它是被父亲随意插种在山墙脚下的。几年后，它竟沿着山墙疯长，一发而不可收。

我母亲唤它“月月红”。

我家的这株月月红是常见的低矮灌木，枝条上长满了坚硬的刺。每一年的初夏时节，满树的墨绿色底子上，缀满了盏盏玫红，花瓣重重叠叠，每一瓣都极其艳丽、丰盈，每一朵都散发着醉人的芬芳。

一树的花朵散发出来的香气，芬芳了我们这座农家小院的每一个角落。

每每有乡亲从我家小院外经过，都会禁不住冲院内喊，他袁婶儿，月月红香得很啊！袁婶儿，我摘几朵月月红哦。

每有村子里的小孩子寻香而来，我母亲总会丢下手中的活儿，蹬蹬上楼，挑出最好看的摘下来，笑盈盈地递给这些女孩儿，又笑盈盈地看着女孩儿美美地把花儿插在小辫子上。

这株灌木的寿命很长。后来我成了家，有了自己的孩子，这株灌木还一直这样在每一年的初夏，在我老屋的二楼走廊上如约开放。所不同的是，少年时代，它盛开之时，我日日与它相对，夜夜被它的芳香包裹。离开家乡之后，在它盛开之时，母亲只能通过电话向我告知花开的消息，我只能越过长长的无线电波嗅到它袭人的香气，我只能静立在窗前，轻闭双目，温习它娇艳的容颜。

我清楚地记得，花开之后不久，就该放暑假了。一到暑假，我就能回到那个盛满花香的农家小院了。

多年以后的初夏，我听说，山墙外的月季花已不再怒放。那株曾经点染了整个农家小院，芬芳了一个村落的月季花，也走到了生命的尽头。

陆续地，楼顶小花园里的几十盆花儿，在我的父亲母亲相继离开人世之后，都被我弟弟分别送给了村子里的乡亲们了。

桂 花

冥冥中，总有一棵高大的树在心中矗立着，大树常年碧绿、茂盛、乐观、包容，像极了我的父亲。

努力让思绪回到现实，才确定那其实就是我老家院墙外那棵高大的桂花树。

这是一棵金桂，当年，父亲和弟弟一同亲手栽下它的时候，树还很小，弟弟也还很小。

小树栽种下去的几年里，非常争气，先是健康地成长，后来，就一直快乐地开花。

我喜欢桂花，这缘自桂花的芳香和它不起眼的外形。每一年农历的八月十五前后，桂花就像小精灵般悄悄绽放。它的绽放与别的花儿不同，仿佛是有什么神秘的人在指挥似的，一夜之间，悄然无声地齐刷刷绽放。每一年的桂树开花，都是母亲第一个发现，满树淡而幽、清而雅的馨香，竟喜得母亲禁不住冲着院子喊：吆，桂花儿开了！

少年时代，那种馥郁的无法抵挡的香气闻在鼻子里，甜在心间。舍不得攀树折枝，就蹲在树下，很仔细地捡拾零落在树下的花朵，小心地把它们夹在书本里，放进文具盒、衣兜，还把它们晾晒在太阳底下，装进父亲的茶叶罐儿里。

桂花开放的最热闹的日子，也把这座农家小院熏染得美好而又温馨。母亲因为心疼桂树，从不许我们姐弟三人爬树折枝。可是，每每有乡亲上门来讨要桂花时，母亲便会痛快地让来人自己上树去折。

直到今天，我依然清晰地记得母亲在每一个桂树开花的日子里，给我打电话报告花开的消息，那声音从不曾忘却。

怀念那棵高大的桂树，怀念母亲站在树下呼唤我们姐弟三个回家吃饭的声音。

父亲母亲相继离开人世的这几年里，承载了我们一家五口所有欢笑与泪水、幸福与痛苦的小院，已变成废园。

好在，那棵高大的桂花树碧绿如初，满树的金桂，也在每一年的八月十五月圆之时如约绽放。

别忘了回家的路

十三岁的小外甥女儿打着手电筒在漆黑的码头上接我，已经等的有些时候了。

船一靠岸，我立即放下行李，心疼地将被我唤作“小精怪”的小外甥女儿揽入怀中，问她：“你有过眩晕的感觉吗？”

聪慧的小精怪被我莫名其妙的问题弄得一脸茫然。

我也被自己的唐突弄笑了，赶紧用很文艺的、但很真实的腔调向她解释道：“我已经不记得上一次听十里蛙声出山泉是在什么时候了，也不记得上一次被浓酽到心醉的甜润空气所包裹的感觉离我有多么久远了，更不记得饱涨的小溪的叮咚声有多久没有敲击我的耳膜了。”

谁知，这个初中一年级的小女生让我不要再装了，太酸。

可是，我是当真眩晕，我的眩晕感一直悄悄地延伸到第二天。

天刚亮，我便强行唤醒“小精怪”，冒着中雨，去山上给我的母亲上坟。

通往回民公墓的那面山坡上，是退耕还林后的杰作，大片大片的桑树连成片，一直延伸到山顶。一人高的桑树伸展着巴掌大的叶子，在雨中欢笑着。就在这些油光发亮的绿叶中间，密密地点缀着黝黑的桑葚。

发现这些桑果的时候，我是惊叫了一声的。接下来，完全是情不自禁地、旁若无人地摘了桑果直往嘴里喂。就连同行的阿訇也停下脚步摘桑果，也像我们一样，旁若无人地边摘边吃。

我一边大口地嚼着熟透了的桑果，一边无限向往地假设。

我自言自语，假如时光倒流，我重新回到乡下，我会种上一畦香葱、栽上一畦时令蔬菜、种上几株桑树，用这些无污染的绿色食品喂养我自己。

“小精怪”用茫然的眼神看着我，捏桑果的小手定格在空中。好半天，她才低低地、严肃地对我说：“大姨，请你回答我一个严肃的问题。”

我一惊，有些紧张，禁不住认真地望着她：“问吧，但愿别吓着我。”我还是故作轻松。

“你不是一直鼓励我考大学，走出大山沟吗？你自己怎么反倒想回到起点了呢？”

我心头微微一震，愣住了，再也无心吃桑果了。我必须正视这个极其严肃的问题了。

“你说呀！”见我如此这般，“小精怪”穷追不舍。我知道，这个问题很重要、很严肃。因为，眼前这个从小被我深深疼爱着的小外甥女儿，酷爱读书，天资聪慧，学习成绩很优秀。一直以来，她都有一个梦想，那就是考入全市最好的高中——安康中学。能考入那所省级重点高中，就等于一只脚踏入了重点大学的大门了。

“快说呀！”此时，“小精怪”的眼神有些狡黠了。

这脆生生的逼问，将我拉回了现实，我不得不重新给她上一课，一节关于理想、现实与信念的课。

“小精怪”满脸的严肃，眉宇间显现的坚定，让我确信，我这节课上得很成功。

那一刻，小外甥女儿的逼问又何尝不是给我也上了一课？

今天，我所怀念的、伤感的，也许就单纯是眼前这一抹又一抹浓得要溢出来的绿色，是这将我的嘴唇、舌头、手指染成黑色的没有喷洒农药的桑果。而那个早已远去的苦难岁月里，承载着那个乡村少女的坚定信念，才是我的终极啊。

似水流年，流年似水。那阵阵蛙声、桑果、没有喷洒农药的时令蔬菜，只能一直摇曳在记忆的枝头。它让我在追忆往昔的岁月里，偶尔提醒我一句：别忘了回家的路。

山中，那大片大片的野菊花

我出生时是个女婴。

在我出生的那个被群山环抱着的贫瘠落后、重男轻女的小山村里，生女婴，尤其是头胎就生女婴的女人是最没有地位的。这样的女人不仅会受到公婆的歧视、还要受到丈夫的怠慢。家族里的亲人看不上我这样一个晦气的小东西，就连爷爷奶奶也懒得亲近这样一个没有指望的血糊糊的女娃子。我一出生，注定就是一个卑微的小东西。

妈给了我一个绝对温暖的小世界，是她用自己羸弱的身心竭尽全力地呵护着我，给了我一个相对平安的幼年。直到三岁后弟弟出世，妈的地位才略有提高。妈自感无力给我更多的呵护，就把我送到了素有“小汉口”之美誉的千年古镇——蜀河镇，把我交给了生活相对富裕的外婆。自此，我在那座古朴的小镇里度过了无忧的学前时代，外貌美丽、性格活泼的小姨成了我的代理妈妈。

妈的一生很是坎坷，她出生在一个大地主家庭里，一出生就被外公外婆宠爱着、被丫鬟们伺候着。后来，因为一场巨大的变故，妈一夜之间由一个富家的千金小姐沦为小家碧玉。五岁时，外婆带着她改嫁，直到十八岁时由一支极小的接亲队伍接到了我贫瘠的家乡，妈一下子变成了一个蹩脚的村妇。

到了我该上小学的年龄，妈把我接回家乡上学。童年里的旧事并没有留下太多的记忆，只有几件事印象极其深刻。

七十年代的穷乡僻壤，生活的穷困和物资的匮乏可想而知。上学时，每天要起得很早，要走很长一段路程才能到校，途中要过几次小河，小河上的桥是由几块相对大的石头组成的省略号，我们当地人称其为“列石”。在那一道道列石上，留下过妈的脚印。那脚印，从春走到冬，又从冬走到夏，一连走过了我整个小学。

妈每天早晨总是早于我起床，从灶洞里掏出一两个被红火灰烧得熟透了的红薯、一个煮鸡蛋塞进我的书包，送我和同伴至院坝头。黑暗中，她总是极温柔地叮嘱：“珍儿娃，路上过细啊——”

妈虽成为村妇，但又和其他村妇有所不同。妈对生活的细节很是讲究，洗脸、洗澡必用胰子（香皂），出门前头发、鞋子、衣服必是仔细打理过的。因此，童年的衣服，我的总是较之于其他同伴要漂亮、讲究得多。

直到今天，我依然清晰地记得我那足以让同伴羡慕好多年的大红色的、枣红色的、淡紫色的、淡粉色的花衣裳。

小学和初中，每天放学后，我最爱去的地方就是后院石磨的磨盘上。我在那里读书、写字，还有就是我家坎上住的修筑襄渝铁路的军团团长家的小院。团长家有一个比我大两岁的女儿，她有好几箱子书，她几乎每天邀我和她一起读书。我们或诵读、或默读、或摘录，每每见此情景，妈总是在一旁看上一会儿，总忘不了叮嘱上一句："珍儿娃，好好读，读成了，你就能出山外当工人了！"那时，在妈眼里，能出山外当工人就是最有出息的人了！

吃零食，在我那个年代那个山村几乎就是奢望。每逢过年节，妈总是轰轰烈烈地为我和弟弟制造零食，妈把灶洞里的草木灰用筛子仔细筛过放进锅里，再把珍藏了很久的晒得嘣干的包谷倒进烧红了的锅里，一阵急促的悦耳的噼里啪啦的声响过后，满案板的堆得像小山似的包谷花儿呈现在我们眼前。我和弟弟大快朵颐，妈继续炒下一锅。此时，我眼前那头戴草帽、双臂不停舞动着的妈美得就像是从画上走下来的一样。

妈年轻时的确很漂亮，弯弯的眉毛、大大的眼睛、轮廓分明的脸庞。今天再次回想起妈那时的美丽眼睛，才解读出里面蕴含着的东西——有喜悦、有无奈、还有一丝淡淡的忧伤。

在我十二岁那年，父亲得了一场罕见的大病，险些半身不遂。当地一位相当有名的老中医能治这种病，只是费用极其昂贵。妈从上锁的箱子底取出了一个我从没见过的黑色的、精致的木匣子，妈告诉我说，那叫首饰盒，是外婆给她的陪嫁。妈把里面珍藏着的金的、银的、玛瑙的、翡翠的、玉石的首饰拿到了当地的银行，全部兑换成了现金。一年后，父亲大病初愈，妈的首饰几乎全没了。

十五岁那年，我离开家乡，乘火车、搭客船，再次回到了我度过幼年时光的千年古镇读高中。每周，妈总是给我蒸上一锅白面馍，切片、烤干，给我做一周的干粮，再炒上一大瓶自制的豆瓣酱。每周末，我总是空着包回家，周日，再装满包返校。每个周日，妈总是站在院坝边上目送我和同伴远去，总是极温柔地叮嘱："珍儿娃，路上过细啊——"

每天，下晚自习从教室返回宿舍的途中，我总是喜欢仰望苍穹，每每看见夜空中那颗最亮的星星，眼前老晃动着妈那略带忧伤的、美丽的大眼睛。那时，妈的眼睛幻化成了那颗星，在夜空中闪烁着、久久地注视着她心爱的长女儿。

那颗星一直伴随着我好多好多年……

后来，一纸改变我命运的师范学校的录取通知书被传递到妈手里，妈不识字、看不懂，但我能看得懂妈的眼神，妈并没有太多的惊喜，只是那双美丽的大眼睛里有一层亮晶晶的东西在闪烁。后来，我发现，妈在为我默默地缝制上学用的被子时，眼里也有一层亮晶晶的东西。当我背着行囊走向山的那一边时，妈又站在院坝边，望着我的背影，又高声叮嘱："珍儿娃，路上过细啊——"

再后来，我读书、毕业分配、结婚、生子、在城里供职，夜幕中那颗最亮的星星一直在我的心头闪烁……

不知从什么时候开始，回家的次数越来越少，在家逗留的时间越来越短，回家的路也变得越来越漫长。

偶尔回家，也常常是来也匆匆去也匆匆。起初，妈坚决留我再多住哪怕一天。再后来，妈不再勉强留，只是喃喃道："行啊！

咋样都行啊！”然而，分明地，我捕捉到了妈眼睛里的那份无奈与凄然……

更不知从什么时候开始，妈变成了电话妈，妈的长女儿也变成了电话女儿。只要是隔上一两天忙得没顾上打电话，妈总是跟父亲叨叨：大女儿又忙得忘记我了，你快打个电话过去，我想听听女儿的声音。每次在结束通话时，照例柔柔地叮嘱：“珍儿娃，上下班的路上过细啊——”

一天清晨，刚起床，父亲的电话就来了，说昨夜里妈做了一个噩梦，梦见我在上班途中横遭车祸，惊得一夜无眠，硬是坐到天亮打来电话核实。

老家的厕所距离房屋有一小段山路，偶尔在寒暑假回一趟老家，无论冬夏无论昼夜总习惯于上厕所解手。

妈的瞌睡极易醒，稍有动静，便会立即披衣起来照应。每每夜间上厕所，妈总是拿着手电筒尾随其后，陪到厕所门口，还照例叮嘱：“珍儿娃，过细啊——”

妈离开我们时，六十四岁，那一天是九月初一，我小爹急促将我唤回。一路上，我哭得昏天黑地。等我几次倒车、倒船赶回老家时，妈已静静地躺在堂屋临时支起的冰冷的洗板上等我们三姊妹和阿訇了。妈的身下铺着雪白的棉布，身上盖着雪白的棉布卧单。妹妹轻轻揭开雪白的棉布卧单，我又看见了那张慈祥、亲切的面孔了。妈的脸安详得简直就是睡着了，还微微带着笑，没有丝毫的痛苦和忧伤，花白的头发整齐地顺在脑后。此时，我并没有号啕大哭，我蹲在妈的身边，轻轻地抚摸着妈爬满皱纹的额头，一遍又一遍地轻声哭喊着："妈——""妈——""妈——"一如我往日归来唤娘的呼声……

父亲告诉我，你妈这几天很高兴，也没有啥异常。吃罢早饭就到坎下邻居家去，还没走到地方，和邻居正说着话，就慢慢地蹲下去了，接着慢慢跌倒了，脸着地。几个邻居慌忙去抱，你妈再也没有醒过来……

小姨陪着我们姐弟三人陪妈度过最后两个夜晚。陪妈的还有父亲和几个表弟。在那最后的两个夜里，我想得最多的就是，有哪个最渊博的学者能帮我诠释"忠孝两全"，抑或给我一个仅供参考的答案也行啊！

深夜时分，我的耳畔依稀听见妈的叮咛："珍儿娃，路上过细啊——"

我们姐弟三人跋山涉水把妈送回了她的故里，就是那个千年古镇，送进了回民公墓，安葬在外爷外婆附近。那天，妈故里的亲友老早地等候在妈归回必经的镇口，长长的送行队伍在崎岖的山路上蜿蜒着。那天，秋阳高照，秋风乍起，吹得漫山遍野渐渐变黄的树叶和齐腰深的茅草飒飒作响。

阿訇诵经的声音在妈坟坑周围的人群中庄严、肃穆地响起。不久，冰冷的新坟鼓起，妈在里头，我在外头。

在妈的第五个纪念日子，我们姐弟三人请阿訇去给妈上坟。那天，我看见漫山遍野的野菊花开得煞是灿烂，五彩斑斓。那一大片一大片的野菊花在秋阳下微笑着。我久久地凝望着那灿烂的山花，眼前幻化出妈的脸庞，泪水也一如小河，肆无忌惮地顺着脸庞流淌。

我听见菜园在歌唱

我时常在现实与梦境里惦念着那座掩映在红椿树林中的农家院落，那是我生于斯、长于斯的乡下老屋。

院子很大。后院儿高高的石坎儿下，是两道狭长的梯田，这梯田是我家的菜园子。菜园子里的土，是父亲母亲从山脚下汉江汛期过后的淤泥里，一担一担挑上去的。

父亲母亲喜欢侍弄这一大片菜园子。那片园子宛如藏在深山人未识的村姑一般，水灵、鲜活。尽管园子周围满是只长野草不长树的荒石坡，但园子却被父亲那双无比粗糙而又无比灵巧的双手捣鼓得能冒出油珠珠儿来。园子里一年四季总是生机盎然、五彩缤纷。春有莴苣、芥菜；夏天最热闹，什么豇豆啦、小白菜啦、黄瓜啦、西红柿啦、甜椒尖椒的，把个园子挤得像是要破裂似的；秋天的刀豆角一串一串地挂在藤蔓上，冬瓜或挂或卧；冬有大白菜、萝卜。至于那些调味用的葱、姜、蒜苗、香菜韭菜之类的，则更是四季不断交替生长。

对于本来就极其贫瘠的家乡来说，能生长庄稼、蔬菜的土地相当有限，父亲能拥有那么大一片菜园子，着实让村子里、镇子上的乡亲们羡慕不已。事实上，父亲母亲从来就没有辜负那片给我们一大家人的生活带来欢乐、幸福的菜园子。

虽然我不谙农事，可我能听懂园子里的菜们说的话：只要有种子有泥土，就会有生命。

每一年暑假里回乡下老屋，总会看见父亲不断地给园子施肥、浇水。为了这片菜园子，父亲是不惜代价的。他花了很大一笔钱，专门乘长途汽车去县城给他的菜园子买了水泵、水管，这样的大手笔在当时当地很是轰动了一阵子。说来也怪，那些生长在寒门的蔬菜们似乎比它的主人更加谙悉自己的出身，一点都不显得娇贵，它们朴实地生长，奋力地开花，努力地结果，只要水肥充足，往往就一日千里。

每一年的暑假，我都会带着儿子回老屋住上一段时间。最喜欢做的事情就是在清晨挎个大竹篮子，跟母亲一起去菜园子摘菜。

乡村的清晨，清净得让人心醉，饱含水汽的空气甜润、亲切，直抵肺腑。上坡劳作的汉子赶着牛、扛着锄头，安静地走在通向贫瘠坡地的乡村公路上，偶尔会喊出一串长长的吆喝声，坡这边吆喝声还没有完全消失，坡那边的吆喝声便应和起来。女人们担着水桶，去小河边挑水，顺便洗一家老小昨夜里换下来的脏衣服。放羊的童子一边揉着还带着眼屎的双眼，一边把羊群赶上坡。

母亲一边摘着豇豆，一边蹲下身子，顺手拔去园子里新生出来的杂草，那么自然地随手扔在石坎儿沿。豇豆藤顺着父亲为它们搭起来的竹竿儿一直往上爬，那竹竿儿比我还要高出很多。一条条嫩绿壮实的豇豆垂在浑圆的叶子间，密密麻麻的，这中间仍不断地有更嫩的豇豆继往开来地垂下来，一茬儿赶着一茬儿。

我摘豇豆，也摘西红柿。不过，我没有像母亲那样把它们放进篮子里，我直接把它们放进嘴里，贪婪地咀嚼着。母亲嗔怪着，不住地阻止，她是怕我把肚子填饱了，等会儿吃不下她亲手做的蒸卤面了。

蒸卤面，是我家乡极家常、极美味的一种主食，是一种从年幼的娃娃一直到耋耄的老人都酷爱的农家饭。它的做法也简单朴素到了极致。把新鲜的豇豆或四季豆抽去筋，用手掐成两寸长的段儿，清洗干净后备用，再和上一团面，擀成又细又匀的面条儿，配佐料炒豇豆或四季豆，等到它们半熟时，把面条儿均匀地撒在豆上蒸。不消几分钟，揭开锅盖翻拌均匀，再稍稍焖一会儿就可以享用了。母亲是个极讲究生活细节的人，每每吃这样的饭，她总会准备一大把从花椒树上刚刚摘下来的青花椒，很仔细地将它们砸成椒泥、配以蒜蓉，点上醋、芝麻油，勾兑成一碗儿黏稠、色浓味鲜的料汁儿，吃时淋在卤面上。

至今，我依然能清晰地闻得见椒泥和芝麻灵魂深处的那份清香。在老屋，和父母、儿子一起吃那样的农家饭，再抑郁的心情也会被排遣殆尽，生活中再多的苦难也会被稀释。

我就是在吃着类似于那样的农家饭的时候，学会了穷苦的庄户人家所拥有的坚韧与包容。

豇豆、四季豆、青椒、西红柿、茄子等蔬菜们疯长的日子里，多的怎么吃也吃不完，每逢这样的时候，母亲总是在清晨踏着露水去菜园子摘菜，满满一大竹篮子各种时令蔬菜。等父亲喝下第三道绿茶的时候，她总会催促父亲到集市上卖掉这一篮子菜。等到母亲把早饭做好，父亲也就提着个空篮子从前院外的简易公路上回来了。

父亲腆着个啤酒肚，一边踱着方步，一边哼着不知道名字的小曲儿，脚刚踏进院坝，就扯开嗓子向后院儿喊：“老婆儿，饭好了吧？我饿得很。”

母亲一听见这阵喊叫，立马放下手头的活儿来到前院儿，一边撩起围裙擦手，一边笑盈盈地问父亲：“这么快就卖完了？”面对这样的问话，父亲就像个孩子似的咧开嘴笑了，一边笑，一边还不时地抬起右手搔自己的后脑勺，像极了做错事的孩子。这一笑，使本来就不大的眼睛眯成了一条缝儿。见他这样，母亲笑得比他还欢实，母亲说她早就猜到了父亲一角钱都没有卖到，一准儿又把那满满一篮子菜分给了在集市上买菜的熟人了。父亲嘿嘿地笑而不语，眼缝儿也更细了，母亲则更欢实地催促父亲：“吃饭，吃饭，饭好了。”

后来，无论冬夏、无论春秋，每到菜们疯长的日子，母亲不再让父亲提着满篮子的菜去集市卖。她索性站在院坝头，拉长了嗓子向村子里喊，喊赵家媳妇，喊何家大婶儿，又喊王家妞妞，喊他们赶紧拿个篮子自己去菜园子摘菜，把那些即将老去的菜们全摘下来。这些或青、或红、或紫的菜的收获全写在父亲母亲的脸上，也写在村子里不同民族、不同姓氏的乡亲们的脸上。这收获过不了多一会儿，就会被这些巧手的乡下女人们或蒸、或炒、或焖、或晒；这收获，会随着不同的季节在不一样的面孔上书写；这收获，它是贫瘠的土地上的庄户人家平凡的日子里开出来的沁人心脾的花朵。

年复一年，父亲母亲依旧喜欢侍弄那片菜园子，一边侍弄，一边在心里罗织着感恩生活的种种理由。

打从前年秋天起，我也再没有回去过乡下老屋，原因只有一个：在不到两年的时间里，我的白发双亲先后离开人世。

在远离老屋几百公里外的繁华市中心我自己的家里，我时常会在夜深人静的时候听见父亲母亲的菜园子在歌唱！

再过几天，是我母亲的冥祭（亡人生日）。我想极了那座已成废园的农家院落，想念到鼻子发酸；我想极了那片菜园子里的菜们，想吃到食不甘味；我想极了我的白发双亲，想念到心口生疼。写下这些文字，聊以止疼。

椰子、核桃还有秋天

在中国腹地吃椰子

摆放在厨房料理台上的是一个硕大的南国水果——椰子。

她还在她的故乡海南岛的时候，就已经被我弟弟剥掉了外皮，我无从知晓她外皮的本来的面目了。眼下，她是一个丑陋的大东西，土黄色的木质纤维疏密有致地包裹住了里面的内容。我仔细地按照弟弟的吩咐，用水果刀在它的一端钻一个小孔，之后，又将一根吸管插进椰子的腹部。

我闭上眼睛，吮吸到了清凉甘甜的椰汁。这是我平生第一次看见椰子，也是第一次品尝椰子汁。我有些激动。

已经是早上8点多了，我还赖在床上，睁着惺忪的睡眼，听窗外秋雨打击雨棚发出的砰砰声，享受着国庆长假最后一天的慵懒。弟弟打来电话，说他就在我家楼下，是给我送椰子来的。

这个椰子是跟着弟弟从遥远的琼州海峡南边的海南岛辗转数千公里，在昨天夜里来到我们这个地处中国腹地的陕南小城安康的。

楼下，给我送椰子的汽车的引擎声才响起的时候，我就已经吮吸到了这来自南国的味道了。

我从未想过，有一天会站在自家的厨房大口吮吸清凉的椰汁，会用这种饮品浸润我刚刚苏醒的胃。

我舍不得一口气将这越过千山万水远道而来的椰汁喝光，拿来一只透明的玻璃杯，将剩余的椰汁一滴不剩地倒进去，我举起杯子，看见了她清澈、透明的容颜了。

在此之前，所有关于这种水果的印象仅限于图片，仅限于来自超市里出售的椰子糖、椰子粉、椰蓉面包，只知道她是结在一种高大、颀秀，有着婆娑姿态的南国的一种叫做椰树上的水果。还想象着，这生于海边、长于海边的树，是怎样最早迎来朝阳，是怎样最晚送走晚霞，又是怎样在带着腥味的空气中散发着袅袅椰香的。

眼前这个被我抽干了椰汁的毛茸茸的大果子把我带到了刀耕火种的时代了。我举起了剁骨头用的大刀，对准被我钻开小孔取椰汁的那一个孔，奋力劈下去，瞬间，这毛茸茸的大东西便一分为二了。

我太想吃到她的果肉了。

一下子，这千呼万唤始出来的果肉呈现在我的眼前了，我便有机会看见她本来的面目了。在那毛茸茸的土黄色的纤维组织下，包裹着的是褐色的坚硬的壳，硬壳里面是一层约一公分厚的果肉。

那果肉该是怎样长成的呀？雪白、细腻，像羊脂、像白玉。

第一眼看见她的时候，我是情不自禁地轻叫了一声的。面对这牢牢贴住硬壳的、色白如玉的果肉，我不得不动用了冻肉刀和切菜刀，一点一点，一块一块把她们从铜墙铁壁般的壳里撬下来。我吃到了她芳香、滑脆、甘醇的果肉啦。

我从小嗜水果如命，说真的，这是我第一次吃到的后味如此醇香的雪白的佳果。造物主在造她的时候，该是费了多大的心思呀，才把这如玉似雪，芬芳醇脆的果肉与清凉的果汁一层层包裹在坚韧又坚硬的外表之下。

有资料显示说，椰肉与椰汁含有大量的蛋白质、果糖、蔗糖、脂肪、维 B、维 E 等。而且，她的全身都是宝。

这美味的、醇香的南国的水果。

这精致的生命。

等我无限爱怜地将那再也吃不下去的雪白果肉分装在保鲜盒里，收拾调理台上的果壳时，我这才发现自己还身着睡衣，头没梳，脸没洗，牙也没刷，状若女鬼。

这一刻，我又在想象海风中婆娑的椰树，我吃到的是跨越千山万水，远道而归的亲情。

那时的核桃

我童年的记忆与核桃有关。

我小的时候，长得颇苦大仇深。天生少言寡语，脖子又细又长，与同龄的孩子比起来，明显的瘦，且矮小。尤其是那一头半长的头发，简直就跟我家屋后石坡上的茅草如出一辙，稀少、枯黄。偏偏又喜欢梳两条长长的小辫子，这两根小辫子充其量也就有我现在的小拇指般粗细。于是，这两根小辫子整日里就在我瘦削的背后怯怯地枯黄地垂落着。唯一灵动的部件就剩下那双眼睛了，大大的、亮晶晶的、黑幽幽的，骨碌碌地转得倒是很欢实。

乡下的女孩儿，命贱，贱得就像是路边的狗尾巴草。

然而，每一棵草都有一滴露珠滋养着。记忆中，村子里有好几棵核桃树，是生产队集体的树。不知道那树有多少年轮，反正它的主干比洗脸盆还要粗很多。最不喜欢那树在冬天里落光了树叶的那副丑陋的模样。它主干和枝干的颜色都是灰不拉几的，像极了我们那时的日子。那树皮也像极了村子里一个姓马的老哑巴的双手，极粗糙，而且还裂开了一道又一道深深的裂痕。那个时候还不知道有“遒劲”这个词，也就形容不出它那奇奇怪怪指向灰蒙蒙的天空的姿态。只感觉它那张牙舞爪的样子叫人心里不畅快，尤其是当它上面栖息了好多只乌鸦时，简直叫人觉着晦气。于是，就有男孩子不住地从地上捡起石头抛向枝头，气愤地驱赶那一群群黑得发亮的呱呱叫个不停的乌鸦。

然而，这叫人心情郁闷的核桃树到了夏末秋初季节，却成了我们的最爱。

季节是个魔法师。它能让冬季里丑陋的核桃树摇身变成可爱无比的摇宝树。夏末秋初，一颗颗婴儿拳头般大小的青皮核桃缀满枝头，一咕噜一咕噜，一簇一簇的，跟树叶子的颜色一模一样。村子里所有的男孩子女孩子总能变出你想都想不到的花样与大人们斗智斗勇，去偷这些高高挂在树上的青皮核桃。偷来的核桃被我们用硕大的青桐树叶包裹着，飞一般地跑到小河边，随手捡一块石头轻轻敲掉外面的青壳，再砸开硬硬的果壳，于是，曲里拐弯儿的核桃果肉露了出来。伙伴儿们吃得满嘴生香，吃得叽叽喳喳，吃得就像是在过大年。虽然，我们偷核桃从没有被大人们捉个现行，但我们被青核桃的汁液染成褐色的嘴唇和小手，无疑就是一个洗不掉的“罪证”。但终因那个年代食物匮乏，每家每户的男孩子女孩子都积极参与了偷核桃的行动，大人们，包括生产队长在内，也就睁一只眼闭一只眼了。

那与伙伴们分工协作偷来的核桃成了我儿时最美味的吃食，也是我儿时最有营养的滋补品。以至于在我读高中以后的几十年里，再也没有吃过那么好吃的核桃了。

我少年时代的记忆也与核桃有关。

贫瘠的大山里，核桃是庄户人家最珍贵的山货了。

有核桃树的人家，在白露前格外精心地看护自家的树。因为，它可是一家人的摇钱树啊。不等到白露，就用竹竿儿打下还不肯离开大树的核桃，堆放在堂屋的墙角角，等过些日子，青皮沤烂了，就退出一个个核桃，把它们摊在太阳底下暴晒。不过几个太阳，那核桃就成了易存放的干果了。整个过程，主人是怎么也舍不得尝上一颗半颗的，这些干果会陆续成为吃公家粮的人日子中的珍贵点心。

我母亲因为总是无限担忧我先天虚弱的肠胃功能和瘦弱的身体根本做不了农活。她总说，我这样的身体早晚有一天会被农活拖坏（在我们那里，“拖坏”就是被折磨致死的意思），所以，在我还上小学时，她就不住地撺弄我父亲供我读书。那时候，村子里我的好多伙伴儿，尤其是女孩儿，都陆续辍学帮大人挣工分。幸运的是我从来没有面临过失学的危机。虽然天生话少，可唱起歌来很好听，加上从小就酷爱读书，从小学到初中，每一篇作文都被老师当成范文在班上念。这样一来，我父亲供养我自然劲头十足了。

等我考上高中时，我才第一次体会到了失学的危机感和恐慌感。

这其中的原因只有一个，我家乡没有高中，我必须先乘火车，再搭客船去离家几十公里以外的另一个古镇读书，必须住校。本来能考上高中的同伴儿屈指可数，女孩儿则只有我一个，父亲母亲怎么放心我一个能被一阵大风吹倒的女孩儿家离开爹娘？而住校，则意味着父亲母亲每个月必须拿出现钱来供养我。最要命的是，八月底，父亲必须拿出十五元现金来给我缴纳一学期的学费。这对于我那土里刨食吃的双亲来说，该是一个多么巨大的压力啊！

母亲依旧在撺弄父亲供我上学。

临近开学的那些日子，我时常听得见父亲一声一声的长叹。

清楚地记得那是一个雨天。

那天早上，父亲不知什么时候就出门了，等到了我们吃罢晌午饭还不见回来。那段日子，父亲腰疾发作，疼得很厉害，走路是需要拄着拐杖的。那拐杖其实就是一根和我的胳膊差不多粗细的长木棍子。

母亲不时地站在院坝头向通往更深处山里的路上张望，神色很是不安。最后，母亲让我顺着那条路去接父亲，她说父亲在天还没亮的时候就进山贩核桃去了，是给我弄学费。

在通向更深处大山的那条乡村公路上，我一个人走着。我孤单着。我戴着母亲递给我的一顶大草帽，天上下着大雨，我的心里下着小雨。我哭了。

家里供不起我上高中，这个我是知道的。第一次，我有了不想上学的罪恶念头。

终于，在离家很远的一个叫龙脖子的地方，我看见了父亲。

我看见他的时候，他正坐在公路边上歇着。头上戴着一顶大草帽，怀里抱着那根做拐杖用的木棍，衣服裤子都是湿淋淋的。因为腰疼，他的坐像很是滑稽。他的身边是一副担子，一根长长的木棍就是扁担。扁担的两头，是两个半袋核桃。

父亲看见了我，笑了。我看见了父亲，哭了。

那天，那雨，还有那条简易的乡村公路上，我和父亲一老一少抬着那两个半麻袋哗哗作响的核桃，艰难地行走在泥泞中。

父亲把那两个麻袋不时地偷偷往自己的怀里一挪再挪。

那一年，我十五岁。

那一天，我的少年时代结束了。

那一天以后的很多年里，我再也没有吃核桃。

雾气氤氳的秋天

第一次听莎拉·布莱曼的歌是在一个秋天。

那是多年前的一个周末。

那天中午，我在上网，外面正下着秋雨，那雨已经下了两天了。同事给我发来一支歌，她要我听完之后谈谈自己的感受。

是那位被人们誉为英国“月光女神”的莎拉·布莱曼演绎的《斯卡布罗集市》。

我是知道这支歌的出处的，它是美国电影《毕业生》的主题曲。在这样一个潇潇霪雨天，第一次听莎拉·布莱曼这个有着女巫般歌喉的英格兰女子的歌，就让人肝肠寸断。刹那间，说不清楚道不明白的某个场景、某个人一下子浮现在脑海里，淡淡的追忆，淡淡的哀愁一下子全涌上心头。感觉就像看见秋的气息中夹杂着野花的芬芳，被萧条的秋风挟裹着，掠过大地和田野，一个孤独的身影消失在天地的尽头，他的周围回荡着一首忧伤的歌……

之后的多年里，莎拉·布莱曼的《斯卡布罗集市》时常萦绕在我的心间与书页里，如同她湛蓝的眼睛透着英吉利海峡的雾气。伴随着这样伤感的旋律，时常指引我回到我曾经和我父亲抬着两个半麻袋核桃走过的那条泥泞的乡村公路上。

那年的农历九月初一，是一个星期天。伴随着《斯卡布罗集市》的旋律，我在为儿子做他最爱吃的羊肉包子。厨房里氤氲着香气，厨房外洒满秋阳。那个时刻，我接到了我的叔父从老家打来的电话，说我母亲病重，叫我立即动身回去。

后来我才知道，我叔父打电话的那个时刻，我的母亲就已经离开人世了。

从那以后，每每想极了我母亲时，我就听莎拉 · 布莱曼唱《斯卡布罗集市》。雾气中，我能看得见母亲缓缓向我走来。每每这个时候，我也就能在雾气中缓缓向我母亲走过去。

又过了不到两年，也是一个秋天。

傍晚，叔父打来电话，叫我立即赶回老家。他只是说，我父亲出大事了。

我是知道叔父这个“出大事”的含义的。瞬间只觉得脑袋一片空白，一下子瘫倒在地板上。等到我的儿子把我从地板上抱到沙发上的时候，我才感觉到心口极疼，老是有窒息的感觉。已经长成大孩子的儿子怕我憋坏了，发疯似的逼我哭出声来。孩子的怀里，我哭得像是他的孩子……

从那个秋天以后，每每想极了父亲母亲的时候，我就听《斯卡布罗集市》。每一次，我总能看见他俩在秋天的雾气中笑盈盈的一起向我走来，笑盈盈的。每一次，我也总能在秋天的雾气中向他俩走去，也是笑盈盈的。

CHAPTER ③

第三辑

青青子衿

花开的三月，在樱桃沟等你

我是你一千年前散落的那颗红樱桃。

我轻抚过你刚毅的脸庞，我凝视过你深情的眼神，我心动过你将我捧在手心里无限怜爱的唏嘘。

一千年前的那个四月，与你分别。我散落在樱桃沟。我选择了秦岭南麓贫瘠陡峭的悬崖边，只是为了能毫无遮拦地望见唯一一条通向山外的弯曲的小路。

樱桃沟远远近近高高低低都是树。没有人知道我为什么在这里生长，也没有树知道我什么时候开始生长在这里。

我刚刚从岩石的缝隙里冒出新芽的时候，就开始历经磨难。我没有伙伴，也没有亲人，我的四周没有土壤，我柔弱的身躯被陕南大山里坚硬的岩石冷酷地包裹着。我长得纤弱，丑陋，营养不良。但是，我心里知道，我知道我是一颗红玛瑙似的高贵饱满的红樱桃。

我们曾经彼此深情地凝望过，我们两双看似波澜不惊的眉眼下，曾激起过一层又一层巨大的波澜。

我们因为相互欣赏而倾心，我们因为惺惺相惜而相恋。一个红得娇艳红得石破天惊，一个绵延曲折裂锦碎片。我们，说不出谁是谁的陪衬。

我们两个，本应该在丰饶的原野之上，朴素而又欢愉地日出而作日落而息，只要春风不竭，我们就在天堂之中。

只无奈，我们发乎情，只能止乎礼。

我们甚至连告别也没有，你便消失于滚滚红尘之中。我的玛瑙红也止于那一天，一如你消失的那个黄昏，天边那一抹断肠的残阳。

生命耗尽，无法割舍的是我们初见时不可遏制的心跳，还有我们彼此深情的凝望。

于是，我选择了重生，我选择了樱桃沟。

我在内心深处藏着一个坚定的信念，我对自己说："我是一颗高贵的红樱桃，我要在这里站立成一棵高大的樱桃树，我要在这里等他。要让他认出我，我只能拼命生长，开出洁白美丽的花，结出玛瑙一样的果。"

为了让你认出我，我努力地扎根，拼命地生长，竭力在岩石间挺直胸膛。

一千年后。

在一个三月的清晨，我伸向天空的枝丫上，结出了第一个花骨朵。

我的心战栗了。

我在陕南山中这寸草难生的断崖上站立了一千年，我就要开花了呀！

我告诉自己：我要把每一根枝丫都结出花骨朵；我要让每一个花骨朵都庄严绽放；我要让最平凡的生命灿烂夺目。因为我知道，只要我怒放，你一定会循着幽香而来。

在春晖的抚慰下，在春雨的眷顾下，在露珠的滋润下，三月里的那一天，我终于开花了。满树的樱桃花一夜之间全部怒放。我这灵性的洁白，妩媚的风姿，刚毅的枝丫，点亮了樱桃沟这高高的悬崖。我的清雅与高洁，芬芳了从樱桃沟拂过的每一缕山风。

樱桃沟方圆数十亩的樱桃树，一树接着一树的绽放。只有我，绽放在高高的断崖上，只有我，每天清晨里，每一朵花朵上才凝结着晶莹的水珠。肥沃泥土中的樱桃树们只当这是夜晚凝结了空气中的水分。只有我知道，这是我历经了一千年的苦难才结成的无限深情，无限喜悦，无比心酸的泪珠儿呀。

我在断崖上听时光流转。

一千年后，我怒放出全部生命的那个三月天，我远远地看见你从伸向山外的那一条蜿蜒曲折的小路上走来了。

我窒息了。

我就要看见你眉宇间最深情的凝望了。你可知道，为了千年后的重逢，我忍受了多少风霜多少雨雪？你可读得懂我千年的心事？我拼命站立成一个传奇，只是为了和你再度深情凝望。

你来了，你循着独特的幽香径直走来。你站立于悬崖上，你一眼就认出了一千年前失散了的那颗曾被你捧在手心里的红樱桃。

我的心因为你的到来而剧烈地跳动起来。我用娇媚为你跳起了舞蹈，我用生命为你摇曳满树的清韵，我用最深情的歌声向你倾诉千年不变的衷肠。

你动情地蹲下来。你紧紧地抱住我的枝干。你用依旧刚毅的脸庞轻抚着我沧桑的枝干。你闭上眼睛深嗅我的清雅淡香。你轻声地呢喃：我的精灵！我的樱桃仙子！

这里，被人们称之为“樱桃沟”。方圆数十公里全是樱桃树。漫山遍野的樱桃树，每一棵樱桃树都在三月天开花，每一棵樱桃树都在四月天结出红似玛瑙的小果子。可是你说，只有断崖上的这一棵树，才是你一千年前失落的那颗红樱桃。也只有这一棵树才是你心底里最柔软的一个疼。

一千年了，为了与你重逢，我以寂寞的姿态孤独地生长，惊艳地怒放。在人间花开的三月天，我等到了你，我用满树的雪白，唱出了与你和谐的天籁……

一杯米油

一

这个秋天，我因为久治不愈的顽疾，住进了第四军医大学西京医院。

依我懂得的少得可怜的医学常识，我知道，我要做的这个打开腹腔切除体内某两个器官的大手术，必须在手术的前一天禁食。我因为被疾病折磨得太久，也因为极其渴望自己能像正常人一样活着，所以，非常自律地在入院的前一天断食。

我住的病房有五张床位。住在我斜对面的，是一位年过七旬的老太太。

老太太晚我两天入院。初识她时，已经是我术后的第二天清晨了。此时，麻醉剂在我的体内几乎完全分解，我的神智也完全清醒。

我为自己能够在术后看得见病房落地窗外崭新的黎明而感动。我感动得想哭，可完全没有力气流出眼泪来。因为术后，我身体的每一个细胞，每一寸肌肤都被巨大的疼痛吞噬。疼痛到连薄薄的棉被盖在身上，都难以承受。

我的身体，从鼻孔到手臂再到下体，插满了形形色色的针头、管子。瘦削的躯体半躺在病床上，甚至丧失了自主翻身的能力。但我还是非常幸福地睁开双眼看落地窗外崭新的晨曦，看病房里悄声移动的人影。我是多么庆幸自己闯过了这一关，又活了下来。

“闺女呀，你醒啦！真好，你看你家人高兴的。”

笑盈盈地冲我说话的是斜对面病床上的老太太。

初识老太太，正是在这个时候。

我的内心，被这一声久违了的“闺女”叫得能捏出水来。

我因为剧痛和无力，根本无法说话，只能冲着老太太茫然地，轻轻地摇了摇头。

老太太看懂了我的肢体语言，她给我解释说，昨天下午，我从手术室被推回到病房后，医生叮嘱我的家人，要不停地呼喊我，干扰我的沉睡，说是这样有助于尽快地分解我体内的麻醉剂。

我这才知道，那时，我的妹妹坐在我的床头，我的儿子坐在我的床边，我的丈夫站在我的床尾。妹妹和儿子交替用呼唤声，强迫我睁开双眼，以干扰我的昏睡。

老太太接着告诉我，我妹妹和我儿子不住地呼唤，我不住地重复着两句话，一句是：我妈来了么？我要和我妈说话。

还有一句是：你们不要捣乱，我在和我妈说话。

老太太又说，我的妹妹和我的儿子被我不断重复的这两句话弄哭了。

听到这儿，我愣住了。

我实在是不知道自己在昏迷的状态下曾说出这般无礼的话来。

完全是有语音，无意识。

老太太见我们大家都不做声，笑笑说，闺女，你妈不能来看你是可以理解的。路那么远，老人家上了年纪，怕是不方便呢。等你康复了，回家让你妈好好看看你，也是一样的！

短暂的沉默之后，倒是我妹妹轻声向老太太解释说，我们的妈，已经无常（去世）五年了。

对话戛然而止。

那一刻，病房里出奇地安静。我清楚地看见，老太太脸上的笑容凝固了。

老太太慢慢向我的床前走过来。又识老太太，正是在这个时候。

我侧过脸望着她。老人家头戴一顶礼拜帽，个子高挑，病号服下的身材匀称。她的皮肤白净，虽布满皱纹，但很干净。一双眉毛又弯又长，一双大眼睛虽然有些许浑浊，但满是慈爱，像兜了满满两汪冬阳。微笑起来，脸盘就像一朵绽放的白菊。

我望着老太太漾满笑意的双眼，恍惚间竟和我妈的双眼重叠在一起，无比慈祥，无比亲切！就在这一瞬间，两双不同时空，隔着今生和前世的眼睛，拉近了我和老太太的距离。

老太太望着我，爱怜地说，闺女，听你妹妹说“无常”两个字，我就知道，咱们是一家人。我家就住在附近，有困难就直接跟我说吧。

我无力地点点头，妹妹赶紧起身向老太太致谢。

慢慢地，我知道了老太太姓孙，和老伴儿都是回族人。一生育有三子，没有女儿。

接下来的几天里，我发现，孙姨和轮流来医院陪她的三个不同年龄段、不同民族的三个儿媳，相处得如同母女。

孙姨的长子为她约定的主刀教授因为去美国做学术交流还没有回来，孙姨就暂时在病房里等待。我术后恢复得不错，每一天，我都会竭尽全力遵照医嘱下床活动。虽然一直禁水禁食，虽然无力说话，但自觉精神状态一天比一天好起来。

再识孙姨是接下来的日子。孙姨一见我有精神就说各种话题。她说她一看见我们就有一种亲切感，她还说自己一生没有女儿，很希望有我们姐妹俩这样善良的女儿。她在多次接触过我的儿子之后说，能培养出这么优秀的孩子的妈妈，一定是个好妈妈。

孙姨还说，那天听我在昏迷状态下嚷嚷着要妈，一定是个孝顺的好女儿。

是，我是个孝顺的好女儿，只不过，那都是曾经，不可逆转的曾经了。

就算是我活到四十好几，就算是我的儿子长成风华正茂的青年，就算是做女儿的压力山大，我的内心依然渴望做女儿，强烈地渴望。

只是，在我的母亲父亲相跟着离开人世以后，我就再也做不成女儿了。

二

术后第七天的下午，主刀教授和主治医生先后来到病房，告知我的家人，可以让我进食薄粥之类的食物了。此时，我禁食水已近九天了。

妹妹连忙端过水杯，用勺子舀起水杯里的温白水，小心翼翼送到我的唇边。温热的水滋润着我干裂的嘴唇，我贪婪地吮吸着，明显地感到一股暖流自口腔至食道，再至腹内。休眠了多日的胃好像一下子被温水唤醒，整个人，一下子感觉精神了许多。

然而，不多一会儿，被妹妹悉心喂下去的温水，“哗——”一声，被我悉数吐出。妹妹处理完毕被我吐湿的病号服，抓起床头上的饭盒，向楼下跑去。

妹妹从医院附近的小餐馆里端回来的半盒粥，是我平日里最爱喝的小米粥。

妹妹慢慢地喂着，我大口地吞咽着，我只有一个念头：我要努力进食，我要尽快康复！

小米粥质朴的香气还弥漫在我的唇齿之间的时候，又一声无法遏制的“哗哗”声，再一次将我喝下去的流食悉数吐出。

妹妹再一次替我收拾好了残局，她有些手足无措了。

孙姨走过来，她让妹妹不要继续喂什么东西喝了，她说她正好请了假，要回家一趟取点东西过来，顺便熬一点米油给我带过来。

米油我喝过。小的时候，我母亲常给我们熬米油喝，那味道，至今都清楚地记得。

其实，它的做法简单到了极致。就是用白米长时间慢火熬成的白粥，最上面那一层乳白色的黏稠的汁，被老人们称作米油。米油，历来被老人们视为米的精华。香得柔和，香得质朴，养人，滋补，尤其适合婴幼儿和病人食用。

孙姨的一句米油，唤醒了我多年的味觉记忆。

小时候，我们姐弟三人当中若有一个生病了，母亲就会精心熬制一锅雪白的、黏稠的白米粥。米油，给生病的一个喝，米粥，就给另外两个。无论是米油，还是米粥，喝上一碗，唇间、心里那一种天然的、质朴的醇香久久不散，那滋味，定格成了妈妈的味道。以至于后来，我们姐弟三人成年后无论走到哪里，妈妈的味道始终不曾忘却，也始终无法复制。

我推着移动输液架，在病房外的大厅里散步。两小时后，孙姨由她的长子护送回住院部，孙姨特意为我熬制的米油就盛在她长子手中的那只不锈钢的保温杯里。

妹妹连忙从病房拿来小勺与盒饭，孙姨的长子从保温杯里倒出半盒米油之后，又拧紧了保温杯的盖子，将杯子挂在我的输液架上。孙姨微笑着对我说，喝吧，闺女，趁热喝吧。之后，和她的长子回病房了。

有了前两次呕吐的经历，妹妹一边喂我进食，一边不住地叮嘱：慢些咽，慢些咽。仅仅只喝了一口，我记忆中熟悉的妈妈的味道就毫无遮拦地迎面扑来，雪白而又黏稠的米油，纯洁的香味，猝不及防地拨动了心底里最柔软的那一根神经，这分明就是多年以前亲切的妈妈的味道呀！

倏地，泪水溢出了眼眶，无声地滑过脸颊。我顾不得手背上以及手臂上插着的各种针头，拿过妹妹手中的饭勺，大口大口地喝着米油，连同滴进饭盒里的泪水，贪婪而又陶醉！

这遥远而又亲切的妈妈的味道！

半盒米油喝光，妹妹按照医嘱果断地终止了我进食。

这一回，我到底没有呕吐。

三

饭后，我平静地坐在大厅落地窗边，俯瞰楼下的马路。此时，大都市又迎来了交通最为拥堵的时段。天边的晚霞将半个天际烧得通红，夕阳透过玻璃窗，投射到大厅里。大厅里的地板，盆栽绿萝，健康的人，生病的人，正在康复着的病人，步履匆匆的护士、医生，全被夕阳镀上了一层金色。无意间一扭头，看见孙姨正站在病房的门口望着我微笑。夕阳的余晖下，这位明天早上就要做手术的老太太，像我的母亲一样，无比慈祥而又无比爱怜地望着我，是那么亲切，又是那样的美丽！

在离我的家千里之外的省城，在离开我母亲五年之久的一个寻常的秋天，我因为治病，意外地邂逅了一位妈妈一样的回族老妈妈，意外地重温了母亲的味道。

重逢，在月下的西湖

静寂的夏夜，尤其是神秘的夜空中挂一弯凄清残月的夏夜，在迷人的西子湖上，观赏张艺谋的大手笔《印象西湖》，容易让人产生一种惆怅与疼痛的感觉。

张艺谋在这场大型的都市山水实景音乐剧中，紧紧围绕着一个“水”字，来体现西湖的精髓与韵味。张艺谋巨笔下的水是动感的，是彩色的，是空灵的，是柔美的，是梦幻的，是有生命的。在声、光、电的配合下，构成了梦幻般的水世界，演绎着断桥上千年蛇妖白娘子与儒雅书生许仙的邂逅；演绎着西冷桥上一代才女苏小小与门庭显赫的贵族子弟阮郁的悲情绝恋；演绎着长桥上梁山伯与祝英台一别而成千古恨的十八相送。

最让人感动的是日本音乐家喜多郎先生的背景音乐，将空灵悠远的乐章、西湖曼妙的神韵与流传千古的凄美爱情故事相得益彰，在让人的内心受到一种强烈的震撼之后，凄婉、哀伤、惆怅也一如冷水泡茶般一点一点、一圈一圈，慢慢地在心底里晕开，让人想哭，却又欲哭无泪。

那样的夜晚，那样的水世界，那样的光与影，那样的歌声与

音乐，那样柔肠百转的千古传说与神话，把我的心，一绺一绺，慢慢地撕成了碎片了。

杭州，江南名城，素有“人间天堂”之美誉。我有意在假期里独自一个人来到这里，这是我喜欢的一种行走方式，一种奢侈的行走方式。把自己置身于一个遥远、美丽而又完全陌生的环境当中。在那样的环境当中，暂时忘记自己。什么人都可以不用去想，什么事都可以不用去做，什么话都可以不用去说，让疲惫的心充分享受陌生带来的无限空灵与无比轻松。

为了这场《印象西湖》，我特意定了第二场的票，也特意提前一个多小时来到剧场外安静地等候。这里汽车不是很多，人们走在绿树如荫的人行道上，没有焦虑与匆忙，有的只是从容与安详，我在铺满荷叶、缀满荷花的西湖边漫步，有种恍若置身于仙境般的感觉。

一天当中的第一场演出退场了。我怀着一种神圣感找到自己的座位坐下。说真的，在此之前，我对《印象西湖》知之甚少，在我的心里，她披着一条神秘的面纱。

落座后不久，水舞台正中一轮明月升起，朦胧而柔美。我看见天际正挂着一弯残月，凄清而忧伤。

月光下，一只白鹤从遥远的天际款款飞来，幻化成一个年轻的书生，儒雅而又自信。正在此时，另一只白鹤也翩然而至，竟化成了一个温婉美丽的女子。回眸一望，四目相对，竟成就了流传千古，超越生与死、穿越时与空、跨越天上与人间的千古经典绝唱。

一千年过去了。我宁愿固执地认为，眼前那铺在湖面上的碧绿荷叶，它就是当初那把结着淡淡忧愁的定情的绢伞，在今夜，美丽多情的千年蛇妖与儒雅穷困的书生的灵魂就在断桥上徘徊。

我早已年逾半百，虽比不上江南女子的标致与秀气，虽没有千年蛇妖的姣好容颜。但我自信，若给我一袭如白荷般的素妆加身，再将秀发高高挽起，朦胧月色下，烟雨蒙蒙中，也一样清秀动人。只是，只是缺少了一场细雨中的邂逅……

日本作曲家喜多郎被誉为世界级的音乐巨匠实属当之无愧。让人在如诗如画的湖光山色与流传千古的美妙传说中，享受到了一场世界级的交响音乐会。

《印象西湖》是零星的、是片段的，它是一个个的印象，没有轰轰烈烈，但却让人的内心无比震撼。这正是第二幕中湖中的通体火红的鱼。人们都说西湖的鱼从来都是有灵性的，这满湖的鱼亲密、合欢，我倒是宁愿相信它们就是苏小小和阮郁。相传南齐歌妓苏小小，才智与美貌并举，品行与素养俱佳，她与地位显赫的贵族子弟阮郁虽彼此倾慕，但终敌不过时势身世，两人终难谐秦晋之好。即使这样，彼此心灵的一句承诺，两心一次朴素的妙合，这就够了，足够了。

美好的东西常常是短暂的，常常会受到某种强大实力的阻隔，这就像白娘子许仙之于法海，苏小小阮郁之于门第与身世，梁山伯祝英台之于父母之命。他们的悲剧故事，一样能赢得无数洁白羽毛的赞叹，一样能在天堂中化为永恒。

《印象西湖》的震撼还在于，它把西湖古老的传说与神话巧妙地融入华丽的舞台背景，以独特的实景演出方式，借助高科技手段再造“西湖雨”，从一个侧面反映西湖和西湖雨的自然神韵。当第四幕书生白鹤再次回到与爱人相遇的地方时，美景犹在，斯人已去。他想到了那场雨，想到了雨中的邂逅。这时，巨大的三角形的人工雨帘横空出世，雨帘的颜色渐换，火红、湛蓝，冲击视觉。两只大鸟在雨中翱翔。张靓颖的《西湖雨》响起，如泣如诉，宛如天籁，让人肝肠寸断。歌声中、雨帘下，听得见白娘子与许仙喃喃低语，互诉衷肠，看得见梁山伯与祝英台在花间化蝶起舞。

夜风中，空灵的《西湖雨》在湖面回荡，轻柔地拂过我的心田。

迎面飘来了巨大人工雨帘的点点细雨。细雨洒在观众席上，洒在我手中的数码相机上，洒在我的脸上。那一瞬间，时光、月光与灯光一齐在《西湖雨》中飞舞。七月西湖的夜色在我的眼前渐渐模糊起来，这是因为我的双眼早已蒙上了泪光。我的思绪走过了一千年，我的记忆也泛起了一圈又一圈细密的皱纹。

是什么让我泪流满面？是这如夜风一样拂过我心田的天籁，是这来自天堂里的绝唱，是这无与伦比的伤怀之美啊！

政治家的眼里，《印象西湖》是人间天堂杭州的一张精美绝伦的名片，经济学家眼里，《印象西湖》是可观的经济效益。而我，则更愿意一厢情愿地相信，它就是一场重逢，一场穿越千年岁月的重逢，一场跨越生与死的重逢，一场月光下踏雨而来的无限惊喜而又无比心酸的重逢！

萧萧落叶寄深情

中国历史上唯一一位虽没有宰相之名，却有宰相之实的女子，那就是初唐才女上官婉儿。她才华盖世，出类拔萃，以至于在中国历史上没有同类型的女子再度出现。这也注定了她这个奇女子在中国历史上的唯一性和独特性。

因为喜欢那首《彩书怨》，才让我走近这个位同宰相、爵同诸王的旷世才女。当我穿过历史的尘烟咀嚼“叶下洞庭初，思君万里馀”，才发现这位权倾朝野的巾帼女杰，在感情深处却是温婉、和顺、多愁善感。而对她的解读，区区一个“才”字，哪里写得尽婉儿璀璨却又沉重的一生啊？

上官婉儿，唐朝女官、诗人。陕州陕县（今属河南）人。唐中宗李显的嫔妃，上官仪孙女。上官仪被杀后，尚在襁褓中的婉儿随母郑氏配入内庭为奴。十四岁时因聪敏善诗文，明习史事被武则天重用，掌管诏命多年。唐中宗李显复位后，拜为昭容，掌管朝纲，权势日增。曾建议扩大书馆，增设学士，颇得信任，代朝廷评天下诗文，一时文武多集其门。后在临淄王发动政变时，被李隆基斩于刀下，这个卓越的女子被历史的尘埃带走了。

“叶下洞庭初，思君万里馀。”这是上官婉儿的《彩书怨》的开头两句，后六句为“露浓香被冷，月落锦屏虚。欲奏江南曲，贪封蓟北书。书中无别意，惟怅久离居。”

全诗的大意是：洞庭湖边秋叶刚刚落下的时候，想念万里之外的你。秋初露水浓了，我睡觉的被子倍感寒冷，月亮落下去了，色彩斑斓的屏风因为没有月光的照耀已经看不见了。想要演奏一曲江南的曲子，但却是非常喜欢写信给远在蓟北的你。信中也没有别的内容，满满的尽是独居的惆怅以及对你的思念。

这是一首五言律诗，此时的情感表达超出了宫廷诗惯有的基调，如此绵长的思念乃是宫廷诗歌中难得一见的款款深情。诗歌以景托情，借景抒情，天气之萧瑟，情怀之惆怅，在短短四十字中浑融一体，曲尽缠绵，读来让人感觉有一种说不出的惆怅，又感觉格外的深情、清新、清雅、脱俗。

有史料说，此诗是上官婉儿写给章怀太子李贤的诗。

其实，这个罪臣之后，仅凭她的倾国倾城的美貌，还有她的旷世才华，倾慕她的男子实在不少。从章怀太子李贤、英王李显、相王李旦到风流倜傥的贵族公子崔湜、朝廷重臣武三思。抛开残酷的政治背景，单从人对感情的态度而言，也许婉儿真的是一生中可能对很多个男子情深，但无论如何，却只对一个人情真。那么这个人就是章怀太子李贤。

正史和野史总是把婉儿说得作恶多端，淫乱宫闱，好像所有的阴谋诡计的始作俑者，都是这个诡诈奸猾的女子。事实上，她没有什么野心，虽然她有着贵族的高贵血统，有着与生俱来的美丽与优雅，有着无上的智慧，但是，她被她的奴婢的身份限制了，是生存的恶劣环境使得她学会了隐忍，她隐忍只有一个目的，那就是活着。

活着，成了这个女子的唯一。

她清醒地知道，她只能以女人阴柔的方式存活下来。沉闷衰朽的内文馆里十年奋力的苦读，博学多才的老学士悉心的教诲，使她的才学与智慧与日俱增。于是，她便以此在艰难的尘世中，慢慢地成了一个中庸狡黠、八面玲珑的女官。她学会了左右逢源，学会了不卑不亢，以至于她经历了大唐的衰败、武周的兴盛、李唐宗室的光复以及丑陋的武、韦之乱，在如此纷繁的更朝换代中，在各种各样的势力中，她总能审时度势，高瞻远瞩，不断地调整自己，寻找自己在其中的理想位置。唯其这样，她才逃过了一劫又一劫。唯婉儿才堪称智慧的主宰，也唯有她才能够真正地权倾朝野，叱咤风云，操纵着王室的各派势力。

著书的人说她淫乱宫闱，这对她是不公平的。

上官婉儿是高贵的，她是一个高贵于天下所有女人，甚至高贵于武则天的女子。她的高贵在于她的灵魂。

14 岁起，她一直生活在武则天身边。她几乎与皇室的儿女们一道长大，她那天生的贵族资质和美丽优雅，赢得了皇子们对她的倾慕与热情，她以少女清澈的心灵，周旋于章怀太子李贤、英王李显和相王李旦三个英姿勃勃的少年之间。然而，巨大而险恶的政治背景之下，任何由衷的爱情全被政治这只铁腕儿撕捏得粉碎。

李贤，这个集文韬武略、雍容华贵于一身的皇太子。他从第一眼见到上官婉儿的那一刻起，就深深地爱上了这个温婉优雅的女子。婉儿与他的爱情，不仅是容貌与才学上的相互倾慕，更是志向与理想上的心意相通。为了婉儿能够活下去，李贤无论对婉儿做了什么，都考虑是否对她有利。他甚至于在后来的所谓“东宫谋反”这样生死攸关的时刻，想到的是如何逼着婉儿出卖自己，帮助婉儿取得武后的信任。婉儿是那样深爱着这个男子，而最终还是违心地出卖了他。这一份用爱和纯真为代价的赌注是多么残酷，又是多么无奈！

只有章怀太子李贤懂得这个温婉优雅的女子，只有他才能懂得这个女子背负的孤寂灵魂，只有他才能真正觉察得到她心底巨大的、无法言说的悲凉，也只有他真心地、深深地爱着她。

盖因如此，李贤心甘情愿用自己的死来换取这个自己深爱着的女子的生，这份情谊又是何等厚重！

婉儿最终无法与李贤走到一起，但李贤却成了婉儿终生的精神支柱和心灵的伴侣。

“东宫事件”之后，李贤永远留在了巴蜀的穷山恶水间，无论是身体还是灵魂。他的灵魂再不能也再无法找到回家的路，婉儿深深地知道这个。

婉儿自被武后“黥刑”后，一为纪念李贤，二因无欲无求，整日里素颜打扮，再不梳妆照镜。她变得淡泊朴素。

在婉儿所见过的皇子中，相王李旦是从一见到她就认为他们是平等的。在他们之间一直有着一种很和谐很默契甚至是很亲密的兄妹关系。他们心心相印，他们也深知，无论在什么情况下，他们都不会伤害对方。后来他们尽管很少见面，但那种默契依然存在，那是一种很深的友情，是一种秘而不宣的兄妹之情。

他们之间没有爱情。

李贤的自杀成了婉儿心中永远的疼痛和无穷无尽的思念。也正是李贤的早逝、真爱的殇，她才明白真正的爱情是怎样的脆弱，怎样的不堪一击，又是怎样的遥不可及。而身体，对她到底意味着什么。

史书中将婉儿与武三思的关系说成是淫乱，这种说法对婉儿是极不公平的。

婉儿嫌恶着武三思、蔑视着武三思、仇恨着武三思。与其说他们之间的关系是纯粹的身体关系，倒不如说是一种由身体所铸造的同盟关系，那仅仅是一场利益的交易。婉儿之所以情愿帮助武三思，攀附武三思，甚至允许这个哈巴狗一样的猥琐的男人走进她的身体，只有一个理由，那就是武三思的权势太大了。婉儿其实很可怜，她的追求实在太过卑微——她要活着。她不能离开他，甚至有些依恋他。

在婉儿内心深处，对武三思，唯独没有爱。

那个风流倜傥的贵族公子崔湜，是在婉儿四十岁之后走进婉儿的世界中的。

很显然，婉儿十分看重她中年时代遇到的这份爱情的。她与崔湜的关系从诗歌开始，因为读了他的诗，她才欣赏他，进而倾慕他。她对崔湜无所求，只是欣赏他诗中所表现出来的那一份愁苦与浪漫。文如其人，诗中的崔湜很真实，只可惜，现实中的崔湜很卑劣。这就是多面的崔湜，才华横溢的崔湜，贪得无厌的崔湜。智慧的婉儿忽略了崔湜对她有所企图，她甚至无视崔湜在她的鼎力相助下平步青云。

她和崔湜之间，依旧没有真爱。

婉儿再一次明白，身和心确实有着非常遥远的距离。

“书中无别意，惟怅久离居。”说到底，婉儿无论怎样地权倾天下，她到底还是一个多情、温婉的美丽女子。解读《彩书怨》，让人体会到了她那长满荒草的心田深处，对李贤的那份缠绵悠长的款款深情，同时也开启了了解婉儿的另一扇窗。

烫面油香

油香以其口感醇香、回味悠长的特点，早已成为回族独具特色的大众化的面点食品。它的品种也逐渐衍生出烫面油香、发面油香、原味油香等等。

我生活在一个以汉民族为主体民族的地区。在我儿时的记忆中，吃油香，只能是在红白庆典，或者是重大节日。现在回想起来，那是那个特殊年代物质匮乏的一种稀罕物了。

说起来，我这大半辈子吃到的最好吃的油香当数几年前在银川吃到的烫面油香了。

在宁夏的每一天，我的朋友大抵想要我把宁夏的特色食品尝个遍吧，每天变着花样吃当地极具特色的饭菜。几天下来，烫面油香成了我日后忆念银川的重要因素之一。

在银川两次吃到烫面油香。一次是被烙成小碗口大小的薄薄的软饼，旁边配上精致的小瓷碗，瓷碗里面盛着蜂蜜，吃时，在圆饼上均匀抹上蜂蜜，再卷起来，吃起来口感筋道、醇香、甜蜜。唇齿间留下的是绵长的回味。

第二次吃到的烫面油香是朋友精心挑选的一家回民饭店，店名叫“同心饭店”。那是一家特别正宗的回民饭店，店内的烫面油香很有名气。到底是名店，烫面油香也与别处略有不同。一张张更为精致的烫面油香被卷成一个个小卷儿，按一定的规律摆放在一个雪白的平底陶瓷盘里，宛如一朵盛开的白荷，旁边照例配一小瓷碗儿，里面盛满蜂蜜。出于对我这个远道而来的客人的尊重，朋友们请我先品尝。这么漂亮的一朵出水面荷，我如何舍得将其吞下？

几经推辞，我带着一种负罪感夹起一卷儿，先放蜂蜜里轻轻蘸蘸，再无限爱怜地将其放在面前的小碟里，生怕把它咬疼了似的轻轻送进嘴里，那种糯甜的、醇香的滋味与口感强烈地冲击着我的味觉，全然已经忘记了它刚刚在我眼里还是一朵赏心悦目的荷。

一个小卷儿吃下来，我居然侧过头，低声问朋友：“我还想再吃一卷儿，可以么？”银川朋友更大气：“当然可以，若喜欢吃，那几卷儿都是你的。”

从银川回到陕南家中，我念念不忘那烫面油香，认真地按照朋友口授的制作方法如法炮制。

第一次，味道不正宗。

第二次，味道不正宗。

第三次，味道还是不正宗。

只有当我在银川吃到了制作方法简单到不能再简单的烫面油香之后，我才会明白什么叫做正宗。

当我尝到了我仿制的银川烫面油香的非原味之后，我才明白了什么叫做真正的垂青。

我想，一定是上天太垂青银川那一方水土了吧，赐给了他们广阔无垠的银川平原，赐给了他们景色秀丽、水产丰富的大沙湖，赐给了他们如玛瑙似的火红的枸杞，就连贫瘠的砾石缝里也能蹦出一个个绿皮红瓤、甜如蜜的富硒西瓜，甚至连这最家常不过的烫面油香也谢绝盗版。

几次三番的失败之后，我彻底放弃了仿制的想法。这人世间的许多东西啊，就是不可以复制的。

苍凉黄土地上的凄美绝唱

黄土高原这块古老而又苍凉的土地，总会让人的内心深处涌动着一种难以名状的情愫。

古朴厚重的千沟万壑，山山卯卯，尘土飞扬的乡间公路，如血的残阳，满山的酸枣，白羊肚手巾……

羊啦肚子手巾哟三道道蓝
咱们见啦面那容易
哎呀拉话话难

一个在那山上哟
一个在那沟
咱们拉不上那话儿
咱们招一招哟手

哟啦见那村村
哟啦不见那个人

哎哟泪格蛋蛋抛在

那个沙蒿蒿林……

背景音乐如史诗般恢弘，一个陕北后生如泣如诉的信天游，在苍凉的黄土地上回响，这歌声直至故事人物的悲剧结局。

这，便是电视剧《平凡的世界》的主题曲《神仙挡不住人想人》。

肝肠寸断的旋律，让人不忍听、不忍想。

真诚相爱着的人，最终无法走到一起，自己的命运自己无法掌握，只能随着处境的艰难，随着光阴的流逝，看心爱的人渐行渐远……

孙少安和田润叶，从小青梅竹马两小无猜，彼此的世界因为对方的存在充实而又美好。但是，他们之间因为现实的残酷、家庭的压力、地位的差距，最终不能够牵手，被迫分离，各自选择了不同的生活道路。

这两个曾经以为可以幸福的人，因为命运的无奈和现实的残酷，最终成为两条永远也无法相交的平行线，他们只能在各自的屋檐下，忧伤互望，他们只能在一年一度的春风里回望他们一起走过的春天的田野。

孙少平，这个极度自尊而又极度自卑的农家少年，在润叶姐的二爸家结识了同级不同班的同学田晓霞，二人的交往开始了。他们经常在学校里阅览报纸，读书，谈论时事。

田晓霞渐渐发现孙少平身上有种与众不同的气质，这气质吸引了这位县领导的女儿。后来，随着他们一起去黄原城宣传演出，彼此之间更增进了了解，发现对方身上都有着与自己相近的个性。后来，中断联系，几年后有偶然相遇的经历后，两人有了更加频繁的交往，有了更深的了解，直至后来，两人之间由单纯的同学关系无法遏止地发展成了恋人。

而此时，田晓霞已经大学毕业，省报的记者、省委书记的女儿，而孙少平则是一个山区煤矿的矿工。

两个不同阶层的年轻人，他们的爱情纯真、唯美。

田晓霞听从内心的召唤，冲破世俗，像甘露一样的爱情让她沉醉。

田晓霞又是孙少平精神的导师，她用独特的视角、开朗的性格和火一样的热情激发起孙少平骨子里的顽强不息、奋发向上的精神特质，引导他一步一步走上了一条与命运抗争、改变自己命运的道路。

少平的坚毅和信念，给了田晓霞勇于冲破世俗观念、勇敢追求纯真爱情的筹码。他们的爱情又给了孙少平不懈奋斗的源泉和力量。

然而，田晓霞却永远地离开了她深爱的“掏炭的男人”，离开了这个美丽可爱的世界，把巨大的哀伤和无尽的思念留给了同样深爱着她的那个坚韧的男人。

孙少平和田晓霞的爱情，更像是一种约定，那棵杜梨树下的约定。这种约定成了人世间永恒的爱情，成了人世间最凄美的爱情绝唱。

贺秀莲，这位从小失去母爱的淳朴、美丽、善良，有着一双水灵大眼睛的山西姑娘，她虽只念到小学毕业，但她勤劳，心灵手巧，勇敢地追求自己的爱情和幸福。爱上外路后生孙少安，她一心一意和少安一道没日没夜地操持这个家，她在孙少安失去润叶的剧痛之后，给了少安一个情感的归宿。就在他们恩爱和睦，逐渐过上真正富裕的好光景的时候，已是两个孩子母亲的秀莲却患上了肺癌，这无疑给贺秀莲和孙少安深厚的感情宣判了死刑。他们夫妻患难与共的深爱，日后只会伴随着深深的哀伤，深深地刺痛孙少安的心。

田润叶，在她的少安哥娶回了一个大眼睛的山西姑娘后，家庭的压力、现实的残酷、对爱情的绝望，使得她被动地成了一桩政治婚姻的牺牲品。她选择了亲戚为她定制的丈夫，过着无爱的婚姻生活，祭奠着她死亡的爱情。善良的田润叶的结局令人唏嘘，无论是孙少安，还是李向前，这两个同样深爱着她的男人，最终都没能让她得到幸福。现实生活的重击，美丽善良的田润叶被折磨得心力交瘁，留给观众的是无尽的遗憾和伤感。

在路遥的黄土地上，爱情之花格外炫目，又格外苦涩……

苍凉的黄土地，无法掌握的命运……

山，挡不住挡不住云彩，

树，挡不住挡不住风。

神仙吆，挡不住挡不住人想人。

这是黄土高原上的一曲凄美的爱情绝唱啊！

一个在那山上，

一个在那沟，

咱们拉不上个话话，

咱们招一招手。

这首《平凡的世界》主题曲被陕北民歌手贺国丰演绎得淋漓尽致，充满了浓浓的陕北味、满满的陕北情，歌声很有黄土高原的那种特有情调，原味但又有创新，荡气回肠。

寂静的夜里，静静地听这首歌，脑子里出现一幅图像，深秋肃杀的风裹挟着黄土，掠过田野，掠过永远叹息的苍凉的黄土地，一个孤独的陕北后生，独白唱着忧伤的歌，消失在黄土弥漫的原野。

守望百年的树

我穿越千里万里，一路风尘。我身披一袭阳光，湮没于西双版纳这一片茂密的原始森林中。

我站立于一棵高大的树下，一棵需要最大限度地仰起头，才能看得见她的全貌的大树下。

在我和那棵大树四目相对的那一瞬间，我的心被树的目光刺痛了。我的心事穿过厚厚的尘埃，带着沉重的记忆，在热带雨林湿热的风中，找到了前生记忆中那些遥远而又清晰的影子。我的前生，就是这棵在热带原始森林中站立的树呀！她在风雨中坚守，在阳光下歌唱，在月光下诉说。她在这里站立了一百年了。

我们重逢了。

我们驻足凝望。我们和着雨季的风，唱起了只有我们自己才能够听得懂的，那首来自天上的无字的歌。

我，就是这棵大树。

树是孤独的，我也是孤独的。

我慢慢地走近她。我把她揽入怀中，轻轻地抚摸着她粗糙的树干。

我第一次听见她的叹息，很沉重，也很悠长。我闭上眼睛。风，在我和树之间搭起了一座桥梁，我在解读她的心灵密码。

我，就是这棵大树。

是怎样的一种伤痛，让我把每一片叶子变成了沉默的音符？是怎样的一种绝望，让我把飞扬的心思化作了无声的年轮，深深地埋藏在坚硬的树干里？又是怎样难以言传的幸福，让我尘封了所有的语言，把孤独凝结成了一种站立的姿态，就这样，就这样默默地守望？

就这样过了一年又一年！

一百年过去了。

可是我，在无言的静立中，一直在等待谁？我为谁站立？我又为谁守望？

我的内心在渴望着一个高度。为了这个高度，我拼起命来向上，拼起命来生长。我知道，我必须竭力更早地迎接清晨里第一缕阳光，我必须尽量大口地吮吸雨雾中最甘甜的露珠。因为，我仅仅是一棵树，一棵密林中的平凡的树。

我的内心在企盼着一场对话，那是在每一个宁静的月夜里与风的对话。

我的目光在寻找着一位听众，那是一个能够听得懂树的语言的听众。我多想在月光下为他唱一支歌，一支从心底里流淌出来的能够诠释生命的歌。

可是，无论我怎样的向上，无论我怎样的凝望，也无论我怎样的企盼，我还是一棵树。一棵孤独地站立，执着守望的树。

我问风，是不是每一个生命都注定不一定能够开花？风叹气不言；我问阳光，是不是每一种追求都不一定获得想要的结果？阳光低头不语；我问自己，不开花的树，可不可以像盛开的百合花一样，拥有明媚的春天？

我竟一脸的茫然。

我就一直这样沉默地站立着。所有掠过的阳光，所有拂过的轻风，所有飞过的鸟儿，都是我身边匆忙行走的路人。而我，只是一棵孤独站立的树，一棵守望了百年的树。

我不知道能否等到我前定的命里必须守望才能得到的结果。我在心底里渴望，会有那么一天，能站在一个更高的地方，去抚摸洁净蓝天下那一朵厚重的白云。

我渴望与云朵对话，我把每一根枝丫都伸向天空。我也在凄凉的雨夜里，幻想着用温热的手臂将黑夜刺破。我想大声告诉蓝天：我想飞翔！

可是，我欲说还休。

无数个梦里，我为自己插上了翅膀，我梦见我脱掉了伤痕累累的衣裳，我成了一棵行走的大树！然而，总会有一个声音告诉我：你是一棵树，你注定只是一棵孤独站立，孤独守望的树。

梦醒时分，我只能依旧站在这纷繁的林间，看云卷云舒，看月盈月缺。

雨季走了，雨季又来了。

当光阴无声地把皱纹一寸一寸地刻在我的每一寸肌肤上时，我渴望有一双手，无言地敷在我的眉间，默默地擦去我百年的忧伤。

生命的河

如果说，中华上下五千年是一条源远流长的大河的话，那么，“文景之治”“汉武盛世”“开元盛世”“康乾盛世”则是这条滔滔不绝的大河上汹涌澎湃的浪花。

时光的尘埃，早已无情地湮没了历史上一个又一个曾经的盛世。“咸阳古道音尘绝。音尘绝，西风残照，汉家陵阙。”李白怎么也想不到，两千多年以后，在关中平原厚重的黄土下，20 世纪 70 年代中国重大考古发现——西汉景帝与王皇后合葬的阳陵陵园，把世人带进了历史这条生生不息的长河，把世人带进了曾经的盛世王朝。

在这里，世人穿越时空亲眼目睹在地下沉睡了两千余年的巨大文物宝库，体验现代科技与古老文明、历史文化与园林景观完美融合的震撼。参观汉阳陵，让我为之震荡，为之沉思，为之惊心动魄。

占地面积最大的博物馆

从西安市向西北方向驱车大约一个小时，就可以到达汉阳陵博物馆。它是依托20世纪70年代中国重大考古发现——西汉景帝与皇后王美人合葬的阳陵陵园建成的，是中国目前占地面积最大的博物馆。目前，对其中五处发掘遗址，文保工作者采用金属支架，以透明钢化玻璃覆盖的方式，形成半封闭区域，以保留原本的历史痕迹，极具历史价值与观赏价值。

悄无声息地行走于这座现代化的地下博物馆内，透过透明走廊俯视脚下考古工作者发掘清理过程和出土文物，让人不由得惊奇，感动，震撼。那条流淌了两千余年的长河瞬间在眼前、在脚下流淌着、拍击着、翻滚着，远逝的历史随即变得灵动起来，那些被尘封了两千余年的故事又从厚重的黄土下生动地向参观者款款走来。

充满生机的地下动物世界

汉阳陵的陪葬坑还出土了数量可观的动物和家畜俑。公鸡在引吭高歌，尽显生命的活力；小狗昂首竖耳，透出满身的机警与灵气；马牛羊成群结队，彰显“文景盛世”的富足与安康。

更为有趣的是，在这个巨大的充满生机的地下动物世界里，还有小乳猪和大腹便便的怀孕母猪的形象。

在遗址保护展示厅内，发掘出土的众多陶制动物密密匝匝，成千上万。它们栩栩如生，数量之庞大、种类之繁多，堪称“六畜兴旺”，构成了一个阵容庞大的、充满生机的地下动物世界。

掀起“东方维纳斯”的神秘面纱

在地下展厅，出土了各种身份的陶俑陪葬，十分引人注目。这些陶俑有男性，有女性，有武士，有嫔妃，有宫女，有乐师，还有宦官等。这些陶俑两千多年前在下葬时都身着各种服饰，但由于年代非常遥远，服饰都已经朽毁，所以，展厅内的陶俑大多呈现裸体的形态。武士个个严阵以待，他们神态各异，有的面带微笑，有的神情严肃，有的容貌寻常，有的英气逼人。武士俑只有真人的三分之一大小，他们赤身裸体，没有双臂。这些兵俑在刚刚出土时，身上都穿着丝绸制成的各色美丽服饰，胳膊是木制的，插入陶俑肩膀上的圆孔，以便胳膊灵活转动。而今，玻璃墙内的陶俑，已经经过千年岁月的侵蚀，衣服和木胳膊都已腐烂，只剩下裸露而又残缺的身躯。当初塑造这些陶俑大都是按照人体写实塑造的，尤其是男女性别特征全都完整地塑造出来，即使是宦官俑也清楚地刻画出阉割后的特征，甚至连耳孔、鼻孔、肚脐眼这样的细节都仔细地刻画出来。武士俑的队伍中有一部分是女子，她们大多面目清秀，身材匀称，有一些颧骨突起，面貌奇特，很有可能是当时有着蒙古族血统的士兵。男性陶俑天庭饱满，面庞圆润，眉目清秀，唇上有须，呈八字外撇状，紧闭双唇，显得安静闲适又恭谨唯命。

女俑粉面含春，丹凤眼目视前方，鼻梁挺直，樱桃小口点朱丹，黛色眉毛似柳叶，发髻施黑彩，容貌俏丽。其姿势为坐跪状，双手平伸，可能原持有器物，器物早已殒殁，似在侍候主人宴饮，是训练有素、恬静端庄的仕女形象。

陶俑中，也有一些非裸体的彩绘俑。他们从身体到服饰都是陶制的，面容刻画和身体塑形更加完整生动，服饰色彩也保存完整，特别是细节刻画非常传神，女性服饰挽于腰部并缠裹于身体之上，身姿窈窕，服饰流畅华美，体现了汉代女性审美的标准。

在地下博物馆内，还可以看到武士俑和骑兵俑。武士俑还能依稀看得见铠甲的痕迹，骑兵俑两腿呈弧状分开站立，身体保持着骑马的姿态。

还有文雅的侍从奴婢，神情专注的乐师，裙裾飘舞的舞俑。

这些陶俑面貌从容、安详、平和，为后人了解“文景之治”时代安详的社会氛围打开了一扇窗。

这些陶俑栩栩如生，姿态各异，神情不一。是因为当时的工匠具有很高的科学精神和艺术技巧。我们的祖先比欧洲艺术家们早一千多年就谙熟绘画与雕塑艺术。这无数的断臂陶俑堪称“东方的维纳斯”，掀起“东方维纳斯”的神秘面纱，站在这一群群两千多年前的陶俑面前，令参观者忍不住想和他们亲切交谈。

一条长长的玉河

玉，在我国的历史源远流长。早在近万年前的旧石器时代晚期，中国的先民就发现并开始使用玉石了。

玉，承载了中国先民最浪漫的想象。在这种想象里，中国人开拓了自己的文明。在悠长的历史长河中，玉石在改变着我们先民的生活方式，更体现出一种精神寄托。

在长期缓慢的过程中，玉由原来仅仅是一种特别性质的石头，转化成为权力、地位、财富、神权的象征。

在汉阳陵地下博物馆里，参观者能有幸看到上迄远古，下至明清各个朝代的典型玉器。

“以玉作礼器，以礼天地四方”，那个墨色的玉琮，无声地向后世显示着森严的等级制度；白色的玉蝉，首、腹、背、双翼、尾、双目，线条流畅，轮廓分明，正优雅地吮吸着树上的甘露；精雕细琢的白玉船上，人物众多，诸多人物栩栩如生；青玉苏武牧羊画面感十足，苏武须发斑白，长袍飘身，手持残节，让人肃然起敬；白玉绳纹如意结佩温婉逼真；小小玉牌，竟镌刻着山水、人物故事和书法，将书画的精髓浓缩于方寸之间；如梦似幻的白玉碗……

我从步入汉阳陵地下隧道的那一刻起，如同穿越漫长的时光隧道来到汉代。当我第一眼看到这些玉器的时候，我禁不住轻轻发出“呀——”的一声。

我的眼前流淌着一条长河，一条玉的长河……

成千上万的能工巧匠默默地雕琢，无声地打磨，耗尽了自己的心血，乃至生命，才磨出了这巧夺天工的旷世奇珍。

那只小玉碗，洁白、晶莹、圆润，凝视着它，感觉像是走进了恍惚迷离的境界。透过薄如蛋壳的碗壁，像透过薄云现出的一轮明月，闪烁着梦一样朦胧的清辉。就仿佛，它不是一只玉碗，而是穿越时空，从远古款款而来的一只小精灵，紧紧地攫住了我的魂魄，让我的心不由自主地战栗。

汉文化承载了两千多年中华文明的精髓和根基。汉阳陵作为再现汉文化博大精深的实物载体，让参观者穿越两千多年的时与空，身临其境地亲近文化，体验文化，感悟文化，弘扬文化，让人震撼，同时，也让人感动。

沙湖，永远的守望

那年暑假在宁夏，我第一次见到芦苇丛，第一次见到大沙漠。

虽然是第一次来宁夏，但我丝毫不觉得陌生。

或许是缘于骨子里与生俱来的民族情结，总以为那里是回乡，依稀回到了自己的家园；或许是缘于我的朋友给我关于沙湖、关于驼铃的图文并茂的诗意描绘；或许是我这个独行者渴望体味到黄沙鞭打心灵的那种疼痛感和温柔感。

到达沙湖时，是一个朝阳初升的早晨。一想到很快就要见到心驰神往的拥有万亩水域、五千亩沙丘、两千亩芦苇的“塞上明珠”沙湖时，内心禁不住一阵阵激动。一下车，便甩开同行的朋友小段，撒欢似的朝湖边跑去。大西部夏日的太阳白得晃眼，可并没有让人感觉到燥热。

我和小段上了游船。当游船穿行在芦苇丛，驶向南岸沙丘的时候，我才知道，我的朋友在向我诗意描绘沙湖时一点儿也没有带夸张的色彩。我情不自禁地站起来，倚着船栏，凝望着大沙湖那一丛丛、一簇簇连成片从我身边轻盈闪过的芦苇荡。湖面吹来一阵阵强劲的风，吹乱了我的头发、吹飘了我的衣袂。风起风落，

碧绿的湖面上，有的苇丛随风婀娜起舞，有的苇叶在轻声吟唱，还有的苇丛低头弯腰喝水，米白色的苇絮仰起脸，迎着朝阳，笑的煞是灿烂。我的心也随之被大湖中浩浩荡荡的芦苇丛淹没。一种飘逸、温柔的感觉在心底弥漫开来。如果不是身临其境我怎敢相信，这大湖，她不是人类大胆的、充满梦幻的想象，她就是大自然的杰作啊！

弃船登岸，大湖南岸的水边依旧是连成片的芦苇荡，脚下是金色的、温柔的沙漠。我痴迷的、长久地凝视着如同少妇般丰腴、成熟、迷人的苇荡，遇到在梦里依稀出现过的景致，就有一种扑面的惊喜，似尘封已久的心遇到了一片春海，只是，这春海她来得太突然了呀！让人惊喜得不敢靠近、更不敢接受，生怕一不小心惊跑了她！此时的我，忽又记起《诗经》里的句子来：蒹葭苍苍，白露为霜。所谓伊人，在水一方。这里所说的蒹葭，就是眼前和我近距离接触的芦苇呀！像是有一种神秘的力量牵引着我，更像是有一种天籁在呼唤着我，我痴痴迷迷地下了水，忘情地抚摸着芦苇碧绿柔弱的长叶，深情仰望那絮花的笑脸，我甚至能嗅得到她迎面扑来的阵阵幽香，能感觉到她均匀的呼吸，能听见她在风中向我低吟浅唱……

小段向我介绍，这沙湖中的芦苇其实是一种野生的飘零之物，它随风而荡。阳春时节，嫩芽迎风而长、随雨而壮，一个劲儿地拔节猛长，不消多日，便齐刷刷地就比人还高了。这个时节，正是芦苇生命力最为旺盛的时候。到了秋天，则是另外一番景致，大沙湖里的芦苇长黄了、长老了，若是配上落日，那就成了芦苇湖最美的时刻了。你看，景区这些亭子的顶是就地取材，用这芦秆制作的。听着小段的介绍，一幅朦胧而诗意的画面即刻便悬挂于我的眼前，我仿佛看见了一个硝烟刚刚散去的古战场，车辙无存，可厮杀之声犹在耳边回响，影影绰绰的金色的芦苇也只在眼前飘动、飘动……此时，我突然感受到了芦苇的生命力是那样的顽强。没有人播种栽培，她们自生自长、繁衍生息，在大湖上尽情释放自己的柔情、竭力展示生命的坚韧与多姿多彩。

“走，上沙丘去看看吧。”

小段做向导，我们向大湖南边的山丘前行。此刻，我的眼前是一片金色的沙海。我的心再次震颤了，这就是大漠、我梦中的大漠么？我像个顽皮的孩子，索性脱掉鞋子，四肢在微微地颤抖。上午的沙海被太阳照得温暖，我的心也渐渐变得温柔。景区的沙漠，没有路，我向着沙丘的顶部忘情地狂奔起来。软软的细沙，既不硌脚，也不让我跌撞，有的只是款款接纳，有的只是与我的脚板柔软的厮磨。我的脑海一片空白，天地间仿佛只听得见自己的心跳。

当我和小段气喘吁吁地爬上沙丘的顶部时，我回望自己在沙漠里留下的美丽脚印，这才有种回归感。我无力地、慵懒地盘腿坐在温柔的沙漠里，极目远眺，远处依旧是无垠的茫茫黄沙，我是多么愿意就这样在温柔的沙漠里奔跑着、疲倦着、慵懒着，永远没有争斗，永远没有伤害，哪怕就这样寂寞地走着、走着，哪怕就这样最终被这沙漠的温柔吞噬。

如果说，沙湖芦苇的旖旎和沙漠的柔情让我真切地体会到了一种感动的话，那么，走近国际沙雕园，在了解了关于沙湖的传说之后，才让我的灵魂有一种比感动更为强烈的震动。内心一如下了一场绵绵的秋雨，湿了心海、湿了记忆、湿了所有……

贺兰，一个美丽的蒙古女子，能文善骑会射。一日，贺兰慕原始岩画之名而踏寻之，途中邂逅党项族男青年漠汉。漠汉高大英俊，文武双全，性格豪爽。两人一见钟情，山盟海誓，私订终身。一年后，双方都传来消息，成吉思汗欲纳贺兰为妾，西夏皇帝也欲定漠汉为驸马。两人誓死不从，决定私奔。在一个月圆之夜，贺兰骑一青色骏马到初恋地与漠汉相会，双双吃下仙药，女即化

作泉湖，男即化作沙漠，相依相偎，永不分离。贺兰的贴身丫环也化作了芦苇。从而形成了沙湖独特的地貌。而贺兰骑的那匹马也化作了贺兰山（贺兰为蒙古语，为青色的骏马之意），现在那匹马的马鞍在山顶上还清晰可见。后人为纪念这个爱情传奇，把这段天山改名为贺兰山。多年后，成吉思汗“冲冠一怒为红颜”，发兵西夏，刀血屠城，从此党项族从历史上消亡，只留下了残美壮烈的王陵和风光旖旎、独具特色的沙湖。

这个传说有多少可信度，我想，没有必要去追溯、考证它了。我本是带着赏景的心情来到沙湖的，无意间却在驰名中外的国际沙雕园遭遇了贺兰与莫汉凄美的爱情故事。

贺兰和莫汉，这一对忠贞的恋人，为了捍卫美好的爱情，双双殉情，为自己、也为世间谱写了一首可歌可泣的爱情史诗。

或许，以今日之眼光审视这一对悲情恋人，会让人匪夷所思，他们为什么要选择这一条不归路？

这个问题让我不由得想起了西方的罗密欧与朱丽叶，东方的梁山伯与祝英台，影视作品中的杰克与露丝，文学作品中的焦仲卿与刘兰芝。

当命运的力量远远超过人的力量时，或许，一味的抗争会带来更大的痛苦和牺牲。我固执地认为，选择殉情这种方式或许是另一种意义上的胜利吧。也许，在这悲情的深渊中会跃出新的生命。并且，也只有尝尽精神与肉体的悲愁，才能啜尝生命与灵魂杯底的甜蜜。当身体的极度苦痛与折磨之后，或许，灵魂会引领他们走向极乐世界，给尚且苟延残喘在人世间的芸芸众生留下一个值得深思的话题，也让我们的灵魂在深深的震撼后得到荡涤，让我们重新审度生命的意义。

从这个意义上说，贺兰和莫汉的爱情既是悲剧，同时，他们也是幸福的。因为，他们毕竟完成了并非人人都能完成的对自己灵魂的冶炼过程，他们毕竟完成了并非人人都能经历的高洁、纯净的意境。

想到这里，我站在高高的沙丘上再次向北面的大沙湖望去，此时，这荡漾在湖泊中的芦苇代表了一种生命、一种会思考的生命。她把荒芜的西部晕染成了柔韧，凄美的传说点缀了荒漠孤独的梦。偶尔有不知名的鸟儿优雅地掠过苇荡上空时，我分明听到了一声声悲鸣，在我听来，这一句句凄婉的控诉，不正是对不朽爱情故事的咏叹么?

忽然间，我明白了这沙湖相依的奇观为什么会在这里浑然天成了。沙围绕着水，水环绕着沙，他们如此平和地依偎在一起，粗犷伴着细腻，深沉守护着广博，没有波澜壮阔的激情，只有默默无言的守望，他们为的就是这千年的守望、永远的守望啊。

我的双眼早已模糊了。一种朦胧而又清晰，神秘而又平凡的意境萦绕着我，让我不由得喜之、叹之、怨之、痛之。初见沙湖时的惊喜，体验沙湖种种娱乐项目带来的新鲜体验与快感已荡然无存。只是无限惆怅地望着这沙水相依的奇观，在心底里一遍又一遍地呢喃：

愿天下有情人皆成眷属!

愿天下眷属皆为有情人!

沙坡头的金色交响曲

初识沙坡头，还是多年以前的事情了。那天，无意间从电视上知晓，在中国宁夏，有个地方叫沙坡头，智慧的宁夏人创造了一个震惊世界的奇迹——“麦草方格”治沙工程体系。

相隔多年，我终于在今年暑期初见沙坡头。

如果说，沙湖让我体验到的是温婉、凄美的感动的话，那么，沙坡头带给我的则是灵魂深处的强烈震撼。

在宁夏的中卫，黄河与腾格里沙漠相遇。母亲河舒展的身姿在无意间优雅地画了一个丰满的“几”字，河岸近 140 公尺高的沙坡突然拔起，与黄河对峙。神奇，就在这个大弯里演绎开来。

一

还未进沙坡头景区的大门，我便满怀期待地问小段：“我们一会儿能见到黄河么？”小段顺手指向近在咫尺的前方，“看，那就是黄河！”我顺着小段手指的方向，动情地奔跑过去，惊讶之余，竟有一种他乡遇亲人的感觉。眼前的大河在我的视线里那

样亲切，仿佛是从遥远的记忆里打开，感觉有些虚幻、有些朦胧，我说不清楚究竟是我的双眼模糊了大河，还是大河模糊了我的双眼。

此时，正是下午两点，七月里最炎热的时刻。西部的蓝天纯净如洗，堆雪的白云，悠然悬于头顶。眼前的这条大河平静而又舒缓地流过。白花花的太阳在天地间铺洒，满目的金黄。

我的双腿仿佛被大河牵引着，竟一直跟着她往东、再往东。我长久地凝望着她，看她轻拍河岸掀起米黄色的小浪花，听她发出微微的呼吸声。我们就这样并肩漫步，就这样默默相伴前行，就这样无声凝望。在一个铺满鹅卵石的河岸边，我忘情地扑进她的怀抱，我感觉到了她的体温，弯下腰，用手轻轻地、轻轻地抚摸着她金色的皱纹……

“九曲黄河万里沙，浪淘风簸自天涯。”“君不见黄河之水天上来，奔流到海不复还。”这些早已在中学时代就已经耳熟能详的词句，还有在师范专修音乐时反复演绎过的“黄水奔流向东方，河流万里长。水又急，浪又高，奔腾叫啸如虎狼……”的合唱曲，早已使得黄河在脑海中定格为奔腾汹涌的基调，充满了气吞山河、咆哮奔腾的气势。而“黄漂”，在潜意识中，也大多充满了惊险刺激，咆哮的黄河水好像随时都会把漂流的筏子掀翻。但在沙坡头漂流，却是别样的感觉。我们乘上了黄河最古老的交通工具——羊皮筏子，筏工用桨划水前进。微微的浪轻托着轻盈的筏子，筏子随之微微起伏。此时，我真真切切感受到了躺在母亲怀抱里的那种感觉了。小段见我默不做声，也一言不发，不光是我们，筏子上的另外两名游客也在静默，一筏子的人似乎都在体味着母亲河的平静、安详与包容。

河风吹动着我的头发，仿佛一曲笙歌掠过这最为安详的一段河面……

此时，我多么想让时与空凝固，好让我更多一点感受一下母亲胸襟的包容与温暖，再更多一点从母亲的怀抱里汲取一种力量，获取一种支撑……

二

跨过横亘在黄河上长长的索桥，我和小段来到了彼岸的绿洲。此岸绿色的海洋与彼岸的金色形成了鲜明的对比，俨然是两个截然不同的世界。辽阔的芦苇荡翠色欲滴，芦苇高得惊人，风吹芦花沙沙作响，它们似乎和大漠无关。

其实，芦苇荡并不寂寞，这里是黄河滩的大片湿地，辽阔的芦苇荡在黄河滩上延伸。就在这大片大片的苇荡里生活着成群的野鸭，还有许多我叫不出名字的水鸟。我从相机拉近的镜头里远远地观赏它们，觉得它们是世界上最幸福的鸟儿了，它们平静地生活在这片绿色的海洋里，在这里安居乐业、繁衍生息。

“仁者乐山，智者乐水。”无疑，眼前这大片的、茂盛的芦苇就是智者了。它们喜欢母亲河岸湿地的水温，喜欢这翩跹起舞的精灵们，这不正是芦苇的智慧所在么？看到这儿，我不禁艳羡起生活在宁夏这一方神奇土地上的人们了。

三

《中国国家地理》推出“中国最美的地方”，宁夏沙坡头入选。

与其说沙坡头是以旅游胜地闻名于世，倒还不如说是这里的人们用智慧、以沙漠生态治理征服了世界。

来沙坡头景区的途中，汽车快到景点时，小段特意请司机师

傅停车，我有幸亲眼目睹了这一令世界为之震惊的治沙奇迹——麦草方格。正是这朴素、简单到极致的治沙奇迹，解决了世界性的难题，结束了长久以来“沙逼人退”的严峻困境。

我从千里之外的陕南小城来到大漠的初衷就是想看看“大漠孤烟直，长河落日圆”的雄浑与悲壮，在小段的引领下，我终于登上了丘顶。伫立在丘顶的栏杆前凭栏远眺，蓝天白云下，大漠泛着金辉，向着腾格里沙漠深处延伸，叮叮当当的驼铃声由近及远，驼队在沙漠里留下沉稳的脚印，把矫健、高大的身影定格在了我的记忆中。黄河无语东流，古老的羊皮筏子成了她的点缀。河彼岸那条穿越腾格里沙漠的包兰铁路，五十多年来安然地延伸在被麦草方格牢牢锁住的沙海里。沿线的方格里，一株株沙棘、一丛丛沙柳、一窝窝沙打旺在这个季节里向人们展示着它们茂盛的生命力，滩涂的芦苇荡也在向人们尽情展示着生命、展示着青春、展示着绿色。

神奇的沙坡头啊，你正用大西北的雄浑与江南的秀美、用丰富的旅游资源与新颖刺激的游乐项目、用宁夏人的智慧与领先世界的治沙成果、用自然景观的独特与人文景观的丰厚，演奏着一曲激荡人心的金色交响曲。

村庄的表情

在中国农村，任何一个村庄就是一个巨大的生命体。它有自己的容颜、有自己的性格、有自己的精神，它还有自己的表情。要了解一个村庄的容颜，只需要端详就够了，了解一个村庄的性格、精神，则需要深入，需要仔细体味，需要安静的感觉。可是，一个村庄的表情是外在的，就像是看一个人的脸色，简单、易行。蓑衣樊村之行是短暂的，所以，我也只能看见它的容颜和表情。

蓑衣樊，是鲁中平原上的一个普通的村庄。村庄位于山东省淄博市高青县常家镇，黄河在这里拐了一个弯后，直奔渤海。

今年七月中旬，我因为前往山东淄博参加“国际东方散文奖”颁奖大典，才有幸与东方散文百名作家、诗人一道前往蓑衣樊村采风。

关于这个村庄名字的由来，同行的淄博文友是这样说的：

据史料记载，明末清初年间有一樊姓人氏在此定居，以编制蓑衣而闻名，故取名蓑衣樊。蓑衣是以一种不易腐烂的草，编成厚厚的像衣服一样的手工织物，披在身上，与头上的斗笠配合使用，用以遮雨。旧社会，极贫人家也用来当衣穿，干活、行路都

离不开它。不过，蓑衣于上世纪 70 年代，由于化纤产品的出现，结束了它的历史使命。

在驱车前往高青县的途中，我绞尽脑汁在脑海里想象这个鲁中平原上的村庄的模样，可我到底也想象不出它的具体模样来。因为在此之前，我脑海里所有关于村庄的印象，怎么也走不出我家乡群山之中的村庄模样，单单凭借“蓑衣”两个字，想象中的蓑衣樊应该是一副沧桑、老态、历尽磨难的神情。可是，一走进这个村庄，看到的、感觉到的，却与想象中的完全不同。

樊家村三面环水，北临黄河、南临大芦湖水库。我们采风团到达蓑衣樊村，正值早晨，七月的阳光下，蓑衣樊村的大芦湖边，芦苇遍地，荷叶连天，红瓦白墙的民房整洁明亮。这个村庄给我的第一印象是洁净、生态、自然，充满了生命的活力。

我有个习惯，每到一处陌生的地方，总愿意到热闹的地方去感受当地的市井氛围，可是，作为一个人口聚集的村庄，蓑衣樊似乎没有多少热闹，即便是在村委会附近的大街上，也少见闲人，也很少听到喧嚣嘈杂的热闹声。仅仅是在我们下榻的蓑衣客栈附近的小街上，零星的有三三两两上了年纪的老妪，安静地坐在道旁，手摇纺车。纺车吱吱悠悠地转动，安详了老妪满头的白发，和她们脸上深深的褶皱。老妪们安静地坐在道旁的小板凳上，没有高声的交谈，没有焦急的面容，每一个人漫不经心，那么闲散，那么随意，那么轻松。

在蓑衣樊采风的第二天下午，我因为和同室的刘莉老师午休睡过了头，错过了随团去御泉汤温泉度假村。自然醒后，我们索性走进村庄漫步，与我们同行的，还有掉了队的山西的姚哲老师、山东的张庆杰老师和裴恺茹老师。

村庄里整齐划一的民居呈“井”字状排列，每一条小巷都有“黄河鲤鱼”“农家乐”招牌，但很少看见熙熙攘攘的人群，很少听到嘈杂的市声，就连在荷塘边啄食的老母鸡，也显得从容淡定。甚至，连停泊在码头的游船、藏在荷叶底下的扁舟，都那么轻松。

我们走走停停，时而驻足荷塘边留影；时而依靠在柳树下听微风拂过柳枝的轻声呢喃；时而远眺苇海，贪婪呼吸湖水的气息。

当前的信息时代，让我们步入了一个浮躁的怪圈，浮躁的世界，浮躁的人。浮躁，让我们生活的城市失去了安静，失去了温馨，失去了亲和力，以至于很多城市人被浮躁压迫得不得不在节假日逃离城市，去寻找哪怕是暂时的安详与宁静。

而在蓑衣樊，似乎看不到浮躁，听不到浮躁，甚至感觉不到浮躁。这是一个安详的村庄，这是一个淡定的村庄，这是一个轻松的村庄。

然而，这个在我的眼里有些冷清的村庄，在偶然与高青县委宣传部部长共进晚餐的过程中，印象被彻底颠覆。

蓑衣樊村南 4000 亩旅游湿地，独特的风光和生态，形成了富有吸引力的一种湿地景观。春日漫步、夏日赏荷成为湿地旅游的新亮点，泛舟湖上，清新怡然。

蓑衣樊还按照现代化农业模式，进行土地整理，形成了 500 亩绿色大米和 2000 亩无公害大米种植基地，严格进行原生态、无污染种植，不用化肥只用农家肥，每年稻田的插秧、播种、成长及收获，都成了该村的一道独特风景，吸引无数摄影爱好者前来游玩，拍照。

怪不得我在“公社大食堂”吃到的米饭，是我自小到现在吃到的最好吃的大米饭。

次日傍晚，当我们采风团离开蓑衣樊村的时候，思绪中突然萌生出这样几个字：秀美优雅、从容安详。

这不正是我在蓑衣樊村这两天看到的村庄表情么？

草木世界　草木人生

海 棠

海棠树结出青果子的时候，夏正浓。

海棠树既是经济林，又是美化风景的首选观赏树，有极高的观赏价值。是城市公园、道路绿化、园林置景、庭院观赏、环境点缀的极佳树木。

上月中旬，我因为参加山东淄博“国际东方散文奖”颁奖典礼，有幸与参加本次活动的百名来自全国各地的作家、诗人一道，前往山东省高青县的蓑衣樊村采风，在华北平原这个美丽、安详的村庄里，第一次亲眼目睹了这种树。

这天下午，我和采风团的刘莉老师、姚哲老师、裴恺茹老师、张庆杰老师一道，在呈“井”字状分布的村庄深处漫步。我看见，村庄里的每一条巷道两旁，以及村庄外的每一条道路两旁，都栽种着一种酷似苹果树的果树。可是，它的的确确不是苹果树。这些树个头不高，最高的，也仅仅比高个子姚哲老师高出一个头，树的枝条细长、均匀，树型十分优美。树叶呈椭圆状，枝丫一律向上，翠绿怡人。每一根枝丫上，都结着一颗颗乒乓球大小的青果子。果子挤挤挨挨，有的是一咕噜一咕噜拥在一起，有的是一串一串挤在一起，还有极少数落单的，个头倒是显得稍大一些。这些果子这样密集地聚在枝头上，别具特色。

午后的村庄里，少有闲人，以至于想知道这果树叫什么名字，都难以打听。我们同行的五个人，居然没有一个见过这种果树的。我到底没能管住自己的手，挑了一棵个头比较矮小的树，摘下几颗青果，在防晒衣上蹭蹭，直接一口咬下去。

果子的味道非常浓烈，酸味直击味蕾，我感觉我的脸被酸到扭曲，眼睛都无法睁开。细细咀嚼，浓浓的酸味退去之后，余下的是天然的淡淡甜味。仔细看那果肉，层次感极强，青色的果皮下，是一层厚厚的淡青色果肉，淡青色果肉下，是一层枚红色的果肉，颜色煞是妖娆。仔细看那果核，才明白这果子为何酸成这样，它压根还没到成熟期。

我可以肯定，我完全不是恶意毁坏那一枚未成熟的青果，我真的是无比钟爱那种酸到极致、酸到让人睁不开眼睛的滋味。我一边对那一棵果树忏悔，一边又摘下几颗青色的果子，直到防晒衣的口袋再也装不下为止。我打算回到房间用它来泡水喝。

几天后，回到淄博，才听同行中的淄博文友说，那果子叫海棠果，那果树，叫海棠树。

我这才懊悔不已，虽然，我不曾见过这种果树，但我对海棠果，还是略知一二，知道海棠果对于治疗消化不良、食积腹胀等肠胃疾病都有很大的功效，而且它含有多种维生素以及有机酸，可以帮助人体提高免疫力。我还知道，海棠花美丽妖娆，素有“花中神仙”之美誉。而我，因为无知，走马观花般地敷衍了覆盖整个村庄的海棠树，以及海棠树上未成熟的青果。

我居住的陕西安康，距离山东省高青县，尚有几千公里，要想再见蓑衣樊村的海棠树，怕是遥遥无期了。

荷 花

蓑衣樊村外是一片万亩生态荷花园，柳荫下，是一眼望不到边际的荷塘。荷塘里，如扇的荷叶似酣睡的美人，姿态婀娜迷人。而荷花，则如睡醒来的小孩儿的脸，满面笑容。倚靠在柳树上，迎着微风，把淡淡的荷香深嗅，最能让人入境。

这满池的荷花，像是懂得人的心事似的，在午后的骄阳下，散发出清幽的香气来。

荷叶实在是一种质朴且清香的美食辅料。在我居住的陕南安康，用荷叶做笼布，蒸出来的馍馍，于麦香中带有一股淡淡的荷香味道，这荷香，是在蒸锅中，随了袅袅热气，浸润到面粉的每一个细胞中的。麦香、荷香相得益彰，纯净，自然，质朴。

在我的故乡蜀河，有一道菜，叫莲菜合子。如有贵客上门，或是盖德尔夜、开斋节这样重大的节日，必做这道菜。把手工剁碎的羊肉糜，镶嵌在两片似断非断的藕片之间，裹上蛋液，滚上

面粉，放进油锅里炸成金黄后，再上蒸笼蒸，等到火候成熟，出锅。装碗之前，每个莲菜合子切成两半，整齐排列在汤碗中，碗底再配以豆腐、红薯粉条之类的辅料，上桌前泼上滚烫的用土鸡、羊骨熬制的高汤，上面再撒上几丝青色的香菜。桌上主宾吃得礼让，吃得舒坦，吃得难忘。

每一年的暑假里，我都会创造机会，找一片池塘专门看荷花。看着看着，所有的心事就被池边的微风吹散了，心情也变得像这满池的荷一样，清净美好起来。

荷塘里有小鱼之类的生命，偶尔拨动池水漾起微波，就想起了另一种可爱的生命。

我的学校，今年“六一”大型联欢活动中，校舞蹈队的孩子们曾表演过一个大型舞蹈《江南》。40 名从两个年级选出来的孩子们，在校音乐组的两位老师精心编排下，如约登场。这个惊艳了全城区中小学的大型舞蹈，是这两位音乐老师每天利用休息时间在校园小操场一个动作一个动作精心排练出来的，一遍又一遍。

“六一”前的那段日子里，每一天，我都是在配了优美、欢快旋律的汉乐府民歌陪伴下工作的。于是，又忆起那首用纯真童音演绎的歌来：

江南可采莲，
莲叶何田田，
鱼戏莲叶间。
鱼戏莲叶东，
鱼戏莲叶西，
鱼戏莲叶南，
鱼戏莲叶北。

在这样的环境中工作，舒畅了心情，诗意了心境，实在是一件愉快而又美好的事情。

柳 树

柳树，在我故乡也是有的。只不过，我故乡的柳树留给我的最初记忆，距离现在已经有四十年了。

四十年前，我每天上学必经的一条小河旁，就有一排柳树。

在我们那里，一种是杨柳，一种是垂柳。这两种柳树，几乎同时在乍暖还寒的初春抽出新芽，又几乎同时在农历三月份飞絮，还几乎同时在知了声声的盛夏时节向村民展示它们最旺盛的生命力。

上学、放学途中，总喜欢踮起脚尖，从高高的柳枝上折下几根柳条来，有时候把几根柳枝叠加在一起，编成一个圆圈当帽子，戴在头上，不为遮阴，只当好玩儿。还有的时候，把柳枝断面一端的柳皮小心剥离，用牙齿紧紧咬住无皮的一端，大拇指和食指紧紧捏住柳皮，用力一捋，柳枝的梢头就捋出一个绿茸茸的小球来。脱光了衣服的柳枝，现出可爱的乳白色，在我们的小手上舞动，那朵绿茸茸的小叶球，就在柳枝头舞蹈着，无论是懵懂的我们，还是被我们剥了皮的柳枝，都充满了活力。

几年前再回故乡，竟再也寻不到那河边柳树的影子来，小河也奄奄一息。因为地理环境的制约，因为新农村规划的需要，必须在那一排柳树生长的地方修筑河堤，修建移民搬迁小区。从此，我再也没能在我故乡见过柳树，不管是杨柳，还是垂柳。

在蓑衣樊村外的稻田旁、池塘边，我看见了成排成排的垂柳。在遥远的他乡，见到垂柳，居然有他乡遇故交的感觉，着实让我激动不已。

我重温儿时的功课，踮起脚尖，毫不费力地从柳树上折下几根柳枝，用我五十岁的手指，编成了一个儿时编过的花环。

同行的文友，在荷塘边，拍荷花、拍荷叶、拍藏在荷叶下的扁舟，只有我，倚在柳树下，努力回忆我儿时故乡柳树的模样。只可惜，忆起来的只是遥远而又模糊的柳树的影子。

柳树，作为文学形象出现是在先秦时期，我国最早的诗歌总集《诗经 · 采薇》有“昔我往矣，杨柳依依；今我来思，雨雪霏霏”之句。汉语中，“柳”“留”二字谐音，故又有惜别之意，所以古人常以此暗喻离别，表达不舍。

在蓑衣樊村的柳树下，我倚树仰望七月的柳枝，心里无限惆怅。这人世间啊，那些留不住的东西，任凭你怎样刻意挽留，都是徒劳。

舞动的盛唐

暮秋的那一个秋雨纷飞的夜晚，在陕西省歌舞剧院，我的思想越过了纷繁的红尘，我穿越了时空，回到了千年以前的长安。我身披一袭霓裳羽衣，被千年以前的盛唐歌舞引入九霄轻歌曼舞。在那样一个雨夜，我看见了千年以前的曼妙少女迎着春风载歌载舞踏青而来，我看见了绝代佳人杨玉环在诸多舞女的簇拥下，身着彩云般美妙的服饰在天空中曼舞轻歌。

在那样一个暮秋的雨夜，坐在那样一个设计美观大方，装饰豪华典雅，与自己的挚友一同欣赏国内一流的专业演职人员演绎的《仿唐乐舞》，我的双眼突然蒙上了一层泪光。因为，我听见了生命舞蹈的声音，在这种声音中，已逝了千年的华清宫、回廊、壁画、帝王、绝代佳人、身着华丽丝绸服饰发髻高挽的女子纷纷而来。我看见了舞动的盛唐。

到达陕西歌舞剧院已是夜晚，还没有下车，便遥遥望见了屹立的西安歌舞大剧院，大气，辉煌。进入前台大厅，一眼瞥见大厅正中央手工刺绣的巨型壁画，敬畏之情油然而生。我们来的比较准点，可同时容纳700人同时就餐与观赏歌舞的大剧院几乎座无虚席，观众中大多数是外国友人。我们只好找一个稍稍偏后的座位上，安静地等待，企盼一睹这场无与伦比的视觉与听觉的盛宴。

陕西歌舞大剧院是集唐乐舞、中华经典饮食于一体的综合性艺术文化场所。在此之前，我对这座大剧院一无所知。当剧院穹顶上的灯骤然间熄灭的瞬间，舞台上的帷幕也徐徐拉开。一下子，我的视觉被强烈地冲击着，我被震撼了！

在古朴大气的古乐器伴奏下，服饰华丽阵容强大的大型歌舞《华清宫》，再现了一千年前唐王朝的辉煌气势。那一瞬间，古乐如大河流水一般汹涌而来，重现了大唐的鼎盛与繁荣。

春风拂面，人面桃花相映红。这该是一幅多么让人陶醉的春景。这样一幅春景中，一群身着绿色衣裙的少女迎着春风亦歌亦舞踏青而来，这别致美好的场景，让我对现实产生了一种虚幻感。舞蹈《踏歌》，把我带进了春天的原野，让人禁不住轻声吟诵起《诗经》里的句子来，“桃之夭夭，其华灼灼。”舞蹈表现了盛唐少女向往美好生活的情景，同时，也把中外观众带进了宁静、优美、广阔的春天的原野之中。

向往太平生活的美好愿望，自远古至今，人皆有之。从最初的民间祭祀起，先祖们就以富有节奏韵律的动作向上苍祈祷恩泽，祛除病患。面具舞蹈这种艺术形式也就应运而生，到了唐代十分盛行。舞蹈《金刚面具》正是通过驱逐疫鬼，战胜邪恶，来表现唐代人民对美好太平生活的向往与追求。

尤其让人为之叹为观止的是舞台的背景。舞台的设计彰显了中华传统文化灿烂辉煌的一面。整体舞台布置由人工绘制的中国画幕搭建，每个节目都有不同的画幕与之匹配，画幕采用了中国画和唐代壁画的表现手法。画幕与其对应的舞蹈相得益彰，使整台舞蹈华丽优美，典雅大气，更加生动地再现了盛唐时期灿烂的文化与艺术。

我一直喜欢白居易的那首长诗《长恨歌》，一直为那个风流皇帝唐玄宗的爱情故事所感动。陕西歌舞剧院的专业演员们在演绎他和他的宠妃杨玉环的那首名曲《霓裳羽衣舞》的时候，也许，他的灵魂就在观众身边浮游。那样的场景，那样的时刻，我想，只要心中有爱，身边拥有一个入魂入骨的爱人的话，雨夜中，他，或者是她，定会与自己心爱的人，在雨夜中沐浴，在云霄间舞蹈。

泱泱大唐，礼仪之邦，文明之邦。无数为之倾慕的不同国度、不同语言、不同肤色的人们，沿着丝绸之路，源源不断汇入了大唐这条滚滚不息的大河。泱泱大国的空前繁荣与气象万千，浓缩于《大唐礼乐》这一大型舞蹈之中。这一舞蹈通过庄严肃穆、辉煌灿烂的庆典场面和五彩缤纷的乐舞表演得以展现。神秘东方乐舞的博大精深与风采神韵演绎得淋漓尽致！让人的视觉、听觉、感觉再一次震撼！

我是多么庆幸自己能在这样一个秋雨缠绵的夜晚，与挚友一同欣赏这场享誉海内外的专业演出；能够在短短的六十分钟走过一千年的岁月；能够在一座豪华典雅的剧院里领略盛唐王朝百国朝贺、民族交融的鼎盛景象和风土人情；能够感受海纳百川的盛唐的磅礴气势，壮丽场面；能够受诗、词、歌、舞的无声浸润。剧院大幕缓缓落下的那一刻，岁月与思绪一齐在我的心田飞舞，我看到了一个舞动着的盛唐。

云南看云

关于云南名字的由来，众说纷纭。有“云彩南现”，有“彩云之南”，还有一说是“云岭之南”。无论哪一种说法都紧紧扣着一个“云”字。自然，“云”不是云南独有的特产，但有一点可以达到共识，那就是，云南的云独具特点。

云 海

空中航行。天，如同一本打开的书。从机舱的舷窗向外看，竟有一种想纵身跃入云海的冲动。

午后，在高空看天，碧天云海。双耳的不适给人造成一种错觉，仿佛在这苍天之间只有一个人漂浮其中，颇有天人合一之感。当钢铁巨鸟展翅高高地翱翔于蓝天之上，远离大地，身影渐行渐高，小到可以忽略不计，此时，放眼窗外，占据眼帘的是美到诡异的云海。

一定是仙界的门童贪玩儿，一不留神让白云逃遁天庭，游离嬉戏于这天空之间。是不是只有彩云之南的上空才有如此婉约，

如此丰腴的云？我不知道，我想我不必知道。

碧蓝的天空下，这片云海如一群群身着一袭洁白轻纱的仙女儿。她们一会儿手牵着手并排行走，气势竟有些汹涌；一会儿又蹦蹦跳跳着嘻哈着四散分开；一会儿又三五成堆儿聚拢在一起说起了悄悄话儿。这些云朵，有体态丰腴的，像端庄矜持的贵妇；有面容清秀单薄的，好似从远处一路芊芊细步踏风而至的乡间少女；还有眉慈目善眯起双眼冲着你微笑的从容安详的大婶儿。她们就这样在辽阔的空中，时而漫步，时而静立，时而翻滚，时而轻轻悄悄躲在舷窗外，趁你出神时，蓦然跳出来朝你扮个鬼脸，之后，又飘向远方，洒下一路咯咯的笑声。

这一刻，恍如隔世。

这一刻，所有纷繁的人际关系，所有不堪重负的压力，以及所有难以言传的哀伤，全都被眼帘中的让人灵魂出窍的云给击得粉碎。凡俗的世间也随之悄然遁没。

云　朵

汽车从昆明出发，一路向南，行驶在云贵高原无边的绿海间。高速公路是崇山峻岭的腰带，天空成了白云蔚蓝的背景。天空蓝到不真实，透明到无限。八月的空气中可以触摸到阳光的颤动。在这样的背景下，云南的云没有压抑，不受拘束，不被沾染。她的白，被无垠澄澈的湛蓝和起伏的碧绿包裹着。在这样的旅途中看云的人，此刻应该是世界上最幸福的人。

云南的云，多是缀满半个天空。或大朵大朵悬浮成团，或一缕一缕分布如鳞片。有时，在你无暇间，从群峰的背后升起一大朵一大朵白云，如孤独的烟柱，越升越高。行至高空，辽远的天空成了她的舞台，她变化，她伸展，极尽袅娜之态。在你惊愕之时，忽而幻化成一位卓绝的女子，欠俯着身体，向着绿海张望。

从中国腹地乍一来到大西南的云贵高原，给人的感觉好像一下子离天很近。踏歌而来的云，常常给人一种错觉，站在山头，仿佛一伸手就能触摸到白云那凝脂般的肌肤似的。

彩　云

西双版纳勐罕镇橄榄坝的晚霞，仿佛是一个道行深厚的妖女，美得惊艳，美到让人窒息，美到让人断肠。

傍晚，西边天际的云几乎是在人不知不觉中骤然燃烧起来的。

鱼鳞状的云在天际燃烧着，一片叠着一片，一缕挨着一缕，一丝缠着一丝，有疏有密，有薄有厚，烧红了半个天际。熊熊燃烧着的云有红色，有黄色，也有红黄相间，还有的黄里透着红，红里透着紫。有的浓到像化不开的颜料，有的淡如半透明的水晶，还有如魔女颈项长长的丝巾，极具层次感。这大片大片的彩云，红得活泼，红得热烈，红得奔放，红得深情，又红得伤感。她们

不仅色彩妖艳，其形状也是变化奇幻，如魔棒，似万花筒。刚才还像一匹血色的天马在不知疲倦地驰骋，一会儿又成了一只金色的报晓雄鸡。这边但见一位曼妙舞蹈的少女，正向你踏歌而来，忽而又变成步履蹒跚的老妪慈爱地望着你。

此时，站在傣家竹楼下凝望西天，身体竟禁不住微微颤抖，凝望的双眸竟也在不知不觉噙满了泪水。

高大颀秀的椰子树把自己曼妙的身影投射在大片大片燃烧着的晚霞下，成了一个姿态婆娑的剪影，定格在这梦幻般的瞬间。

橄榄坝遭遇晚霞，我看到了空灵，看到了自由，看到了浪漫。

橄榄坝的彩云，是美到让人断肠的彩云。

墨 云

从景洪返回昆明，途中要翻越无量山和哀牢山。

汽车穿行在无边无际的橡胶园中间。头顶上的云一如我们来的时候，在天空中变化、伸展。

少顷，这如望穿秋水的女子般的白云忧愁成愤，勃然变色，白云从白到灰，由灰入黑。刹那，碧绿浩渺的橡胶园之中，弥漫着淡灰色云雾，远处的云浓到随手抓一团过来，轻轻一挤便能挤出许多水来。车身周围缥缥缈缈浮游着丝丝缕缕含泪的云。与此同时，天地变色，风起云涌，浩瀚的绿海在狂风的震动下波涛澎湃犹似奔马，响惊雷霆。暴雨倾盆，天空垂垂欲坠，风势越发凶猛，云雾缠绵交融，水汽淋漓。

云南的墨云，如着色单调的水墨。

单纯的，妖艳的，淡雅的，诡异的，愠怒的，这变化无穷的云，也许只能在云南这片神奇而又美丽的红土地上才能看得见。

栀子花一样美好的时光

一

这天，我照例挎着包，七点半准时下楼。包里装着的是两个小饭盒，饭盒里盛着的是我自己和一个同事的早餐，我是要请我的同事分享我的营养早餐。

我这是去上班。我的脚步轻盈而又愉快，清晨的初阳照在我脸上，也照在和我一同走出小区院子去上学的孩子们以及送他们上学的大人们的脸上。

“阿姨早上好！”有认识的孩子在向我问好，“早上好！”我回应着。

“上班去啊。”送孩子的大人笑盈盈地向我打招呼。

小区大门外是一个早市。每天早上十点以前，这里一直是热闹的。卖早点的，卖菜的，卖肉的，卖花的……这个初夏时节，是栀子花儿怒放的季节。早市上，卖菜的多数都是郊外的菜农，几乎每一个菜农的摊点上都有一大篮被摘下来扎成一小把一小把的栀子花儿。这一小把一小把的栀子花儿扎得非常公平，每一把上都均匀地搭配着完全盛开的、半开半合的、还是花骨朵的，每一小把上都带有青翠欲滴的绿叶。已经盛开的花朵，散发着阵阵醉人的馨香；半开半合的犹抱琵琶半遮面；才露尖尖角的花骨朵只要用水养着，第二天准会盛开。

每当我看见这一朵朵栀子花儿，我的内心就会有一种莫名的感动。

这是一种四季常绿的灌木。每一年的端午节前开花，花期长达两个月。花开之时，洁白如雪，芬芳馥郁，清雅绝俗。

在我居住的这座陕南小城里，每一年初夏，每一个菜市场都会看见她的影子。在郊外，很多农户都会大量栽种这种会开花的灌木，农夫农妇会把这些花儿摘下来扎成小把拿到各个菜市场出售，无论有多少，都能在很短的时间里卖完。

我很喜欢栀子花儿。

每一年的初夏起，我的家里就一直氤氲着栀子花沁人心脾的清香。我从早市上买回她们，很小心地把她们插进盛满清水的玻璃瓶里，再在花朵和叶子上洒上一层清水，然后，把她们分别放在每一个房间（包括厨房和卫生间）最醒目的地方。这样，在家的时光，无论在哪一个房间，无论在做什么，我整个人都能被无比喜爱的清香浸润着。

能被自己无比喜爱的清雅绝俗的馨香包裹着，这该是一件多么美好的事情，能有自己无比喜爱的花朵陪伴的光阴，该是多么美好的时光！

二

我在这样一个洒满阳光的六月清晨又一度遇见了她，我是多么欢喜。

我在一个小摊前停下脚步，蹲下身子，不能自禁地拿起一把鲜活的栀子花凑到鼻子下，贪婪地嗅着这久违了一年的芬芳。

那种栀子花特有的芬芳浸润着我的脸颊，久久不散。嗅着嗅着，就忍不住将一小把一小把的花儿小心翼翼地装进摊主递过来的袋子里。

我提着栀子花，走在上班的路上。我是要把我刚刚买来的一大袋栀子花儿分送给我的同事们。初夏的朝阳如这栀子花儿一样清新美好，迎面吹来的初夏的风也如栀子花儿一样芬芳，我一时间觉得这是一段多么美好的时光。我是赶赴在学校的途中，我即将和我的一个同事分享自己熬制的营养早餐，还即将和我的一大群同事分享这一大袋芬芳美丽的栀子花儿，这该是一件多么美好的事情！在这座沐浴着六月的朝阳的城市里，在这个芸芸众生都在忙碌着的清晨，在这一条条为名为利为子女为房子劳顿的人流里，我一直着急着赶到我的学校，和我的同事一起分享我亲手煮的早餐，分享我亲手挑选的一袋清雅绝俗的栀子花儿！

同事们也和我一样无比喜欢栀子花儿！我从一进校门的那一刻起就开始广泛征集想要花儿的同事。她们取花儿的时候很小心，很欢喜，她们取花儿的时候笑脸也如同这栀子花儿一样美丽。

我特意给我一个闺蜜级的同事罗钰留了一把，我要亲自送到她办公室里。

常常喜欢和罗钰在一起。我们时常一起有一搭无一搭拉家常，时常在商场换季打折的日子里一起去淘适合自己的漂亮衣服，时常一起在假日的黄昏去江边散步，时常一起聊安意如聊龙应台聊林清玄。也聊川端康成和村上春树。我们还时常聊我们远在他乡的儿子。偶尔，我们也会选一个午后去她乡下的父母家里做短暂的停留。

如我所想，罗钰见到栀子花儿欢喜得不得了。她安置好栀子花儿后问我知不知道栀子花儿的花语。我说我知道它的花语是“永恒的爱与约定”，我说我还知道在她平淡、持久、温馨、脱俗的外表下，蕴涵的是美丽、坚韧、醇厚的生命本质。

不想她一本正经地说，栀子花的花语是“喜悦”，就如生机盎然的夏天充满了未知的希望和喜悦。

我俩如此争论绝不是矫情，也不是故弄玄虚的小资。我和她，我们都经受过病魔的无情折磨，我们都经历过生与死的考验，我们都有过沧桑的阅历。眼前这清新美丽如这清晨的栀子花儿的存在，让我们的心底柔软如棉，灵动如泉。

我知道，这样一个洒满朝阳的六月天，在我的校园的很多个办公室里，此时，都浸润在栀子花的清香中。栀子花儿一样美好的清晨，栀子花儿一样美好的心情，还有，栀子花儿一样美好的时光。

一湖秀水　一湖诗文

在中国，若说起西湖，那可能是妇孺皆知的。多年以前，赵雅芝主演的《新白娘子传奇》这部电视连续剧，到底把这个中国四大民间传说之一给普及到了寻常百姓家。说起瘦西湖，未必就人尽皆知了，但若说起扬州，十有八九会做恍然大悟状。康乾大帝六次“南巡”、“烟花三月下扬州”、扬州炒饭，多种文化元素，已经把这座历史名城带入中国人的日常生活中了。

需要做一个注释，瘦西湖，位于扬州市北郊，现有游览面积100公顷左右。1988年被国务院列为“具有重要历史文化和扬州园林特点的国家重点名胜区。”

关于“瘦西湖”这个名称的来历，相传有这样一个典故。乾隆年间寓居扬州的诗人汪沆，感慨盐商的挥金如土，作诗曰“垂柳不断接残芜，雁齿红桥俨画图。也是销金一锅子，故应唤作瘦西湖。”不管汪沆是不是瘦西湖之名的最先使用者，但保障河改称瘦西湖，肯定是因他的这首诗而来的。此后，扬州北郊这泓湖水的美名传扬开来，蜚声遐迩。

许多文人雅士把扬州瘦西湖和杭州西湖做了这样的比喻：如

果把杭州西湖比作唐代的杨贵妃，那么，扬州的瘦西湖就是汉代能够跳“掌上舞”的赵飞燕了。难怪李鸿章的孙子李孔昕在游览了瘦西湖后发出了这样的感慨：“二十四桥月如钩，黄花开遍瘦西湖。西子范蠡今若在，不到杭州到扬州”了。

我因为很喜欢宋代姜夔《扬州慢》中那句“二十四桥仍在，波心荡，冷月无声。念桥边红芍，年年知为谁生”的冷美，所以，来扬州第一站特意直奔瘦西湖。

瘦西湖，吸引我的不是她融南秀北雄于一体的园林群的宜人景色，而是沿着窈窕曲折的一湖碧水两岸展开的这幅巨大画卷中散落的诗文。瘦西湖的二十四景区内，每一处你都得心怀着敬畏行走，因为，稍不留神儿，就会踩到那自隋以来，洒落在湖上的诗文、楹联。

大虹桥，瘦西湖二十四景之一。它之所以能成为瘦西湖一个

著名的景点，与它所承载的众多作品、典故等人文内涵是分不开的。康熙年间的王渔洋任扬州司理时，就曾留下过一首诗："虹桥飞跨水当中，一字栏杆九曲红。日午画船桥下过，衣香人影太匆匆。"据史料记载，汪士慎、孔尚任等曾分别在此大会诗人，留下了无数华美的诗章。金农、郑燮、黄慎等八怪名家，也常在此吟诗作画，流连忘返。清王士祯也在此留下了《浣溪沙·红桥怀古》，"北郭清溪一带流，红桥风物眼中秋。绿杨城郭是扬州，西望雷塘何处是，香魂零落使人愁，淡烟芳草旧迷楼。"其中，"红桥风物眼中秋，绿杨城郭是扬州"成为传诵至今的名句。

纳兰容若，这位曾多次随康熙南巡的诗文奇才，也曾在这里留下了"无恙年年汴水流，一声水调短亭秋，旧时明月照扬州。曾是长堤牵锦缆，绿杨清瘦至今愁，玉钩斜路近迷楼"的诗句。

“故人西辞黄鹤楼，烟花三月下扬州”这句连三岁孩童都能吟诵的名句，最能让人浮想联翩。只要一提到这句名诗，脑海里会立即浮现出一幅桃花缤纷柳丝婀娜细雨蒙蒙的江南春景。的确，在瘦西湖，三步一柳五步一桃的长堤春柳，大概是最让游人销魂之处了。这也不难想象，郑燮当年乘船游堤时灵感被激发了：“画舫乘春破晓烟，满城丝管拂榆钱。千家养女先教曲，十里栽花算种田。雨过隋堤原不湿，风吹红袖欲登仙。词人久已伤头白，酒暖香温倍悄然。”

人们都说“月是故乡明”。我想，大概是造物主太垂青扬州了吧，要不，怎么连月亮女神也格外眷顾扬州呢。扬州号称“中国的月亮城”恐怕自有一番道理的，这个大胆的论断可是有依据的。唐代徐凝在《忆扬州》云：“天下三分明月夜，二分无赖是扬州。”“无赖”二字，原本有褒和贬的两重意义，这里因明月恼人，有抱怨的意思。这首诗本来是写人的，但后世因为惊赏扬州明月的这种新奇形象，就离开了诗人原意，把它截下来只作为描写扬州夜月的传神警句来欣赏，这时的“无赖”二字又成为爱极的昵称了。本来月光普照，遍及人寰，并不偏宠扬州。而扬州的魅力，也不是仅在月色。诗为传神，有时似乎违反常理，却能深入事理骨髓。《忆扬州》是一首怀人诗，但标题却不明示怀人，而偏说怀地。这是因为诗人把扬州明月写到了入神的地步，并用“无赖”之“明月”，把扬州装点出无限的风姿，与《忆扬州》的标题吻合无间，因而把读者的注意力引向对美好扬州的向往。

扬州的月色美，观月的地方自然也就多了。扬州观月，最著名的大概要数瘦西湖的月观了。

郑燮曾在月观撰写一副楹联“月来满地水，云起一天山”，把“月光如水”的美妙意境描绘得出神入化。只可惜，我来瘦西湖，恰逢清晨，若是在一个静谧的月夜来此，凭栏远望，天上一轮明月，水中一轮明月，双月交辉。如此情境，我想，我心中也定会升起一轮明月的，这一轮明月也定会如水般盈盈越过万水千山，洒在千里万里之外。

茅以升，这位著名的桥梁专家曾对中国的名桥做过如此评价：“中国最古老的桥茔是赵州桥，中国最壮美的桥梁是卢沟桥，中国最秀气的最具艺术代表性的桥梁就是扬州的这座五亭桥了。”五亭桥，又名莲花桥，是扬州的标志性建筑，因其形状从空中俯瞰像一朵硕大而又美丽的莲花浮在瘦西湖上而得名。

二十四桥，瘦西湖这幅巨大画卷中浓墨重彩的一笔，它承载了自隋炀帝至现代太多文人雅士的作品与典故。

杜牧，以他的“青山隐隐水迢迢，秋尽江南草未凋。二十四桥明月夜，玉人何处教吹箫”的千古佳句，使得二十四桥声名鹊起。甚至连乾隆皇帝也不禁高歌“初识江南景物饶，已闻好鸟助春娇。明朝又放征帆下，去自扬州廿四桥”。

今天，在瘦西湖“虹桥卧波”景点前，立有一个巨大的汉白玉石碑，上面拓有毛泽东主席手书杜牧的那首使二十四桥扬名的《寄扬州韩绰判官》。

自杜牧之后，历代文人歌咏扬州时，总会念及二十四桥，咏赞二十四桥的诗词歌赋层出不穷。宋代词人姜夔，曾在吴江垂虹桥下演绎了天下最浪漫的故事：“自作新词韵最娇，小红低唱我吹箫。曲终过尽松陵路，回首烟波二十四桥。”“杜郎俊赏，算而今重到须惊。纵豆蔻词工，青楼梦好，难赋深情。二十四桥仍在，波心荡，冷月无声。念桥边红芍，年年知为谁生？”这首《扬州慢》也是这位具有音乐天才的词人的自度之曲！词人前半阙写扬州自金兵入侵后荒凉颓败的景象，后半阙与唐朝繁华的扬州做对比感慨如今饱受战火满目沧桑的扬州，吊古叹今，世事无常！

唐韦庄《七律・过扬州》云：“当年人未识兵戈，处处青楼

夜夜歌。花发洞中春日永，月明衣上好风多。淮王去后无鸡犬，炀帝归来葬绮罗。二十四桥空寂寞，绿杨摧折旧宫河。”

乾隆皇帝在扬州题咏甚多，在《江北杂咏》中写道：“二十四桥明月夜，清词丽句数司勋。玉娥诏我无双景，不遗长空点片云。”

曹雪芹在《红楼梦》中借黛玉思乡之情，也提到了二十四桥：“春花秋月，水明山秀，二十四桥，六朝遗迹……”

除了这数不胜数的经典诗文，在湖内还有汪士慎的碑刻，郑燮的《竹石图》，黄慎的草书画轴，李方膺的《盆兰图》，罗聘的《梅花图》。

千百年来，扬州是人文荟萃之地。历代的政治家、文学家、画家云集，在扬州留下了无数经典诗文、书画，也留下了许多美丽动人的传说。当我在这座古老富足的城市里作短暂的停留，在赞叹它的古老、文明、美丽、富足的同时，内心难免激动不已。

因为，我游历的不只是瘦西湖纯粹的风光之美，我更是在阅读一本书，一本内容丰富的史书。

瘦西湖上标致的船娘手把手耐心地教我学摇橹，让我在那一瞬间感受到生活的美好，安详，从容。那个年轻美丽的导游，更是一路微笑一路诗文，这个典型的江南女子老是给我一种错觉，她不是一个导游，而是一个专修汉语言文学的年轻学者。由此，也让我对这片古老富庶的城市产生一种敬畏感。我敬畏这洒落在运河两岸的或古老的或现代的文明，敬畏虽历经岁月沧桑，但仍留在瘦西湖这巨幅画卷上的诗词碑文。同时，也对这些有着深厚文化素养的普通劳动者由衷地敬佩。

氤氲百年的书香

在江苏扬州的东关街，有一座现存历史最悠久、保存最完好的盐商园林，这就是个园。

个园是清嘉庆二十二年（1818 年）两淮盐商的首总黄至筠的家宅，为扬州明清私家园林的经典代表。全园占地约三公顷，整体布局采用古典园林前宅后园的传统形式，在造园上以竹石为主，彰显一代盐商家居生活的奢华气象。由于置景独特，构撰巧妙，于疏朗开阔中，别有一种曲折幽深引人入胜的境界。1998 年被国务院公布为“全国重点文物保护单位”，与苏州的拙政园、北京的颐和园、承德的避暑山庄并称为“中国四大名园”。

据清内阁学士兼吏部左侍郎刘凤诰《个园记》中记载：“主人性爱竹，盖以竹本固”。可见主人对翠竹极其偏爱，取号“个园”。园中遍植竹子，竹叶形状似汉字中的“个”字，因而取名“个园”。

在中国文化中，竹因其四季常绿，不因换季而改色，不因严寒而凋谢，成为人品高洁的象征。苏轼有诗云：“宁可食无肉，不可居无竹。无肉令人瘦，无竹令人俗。”故个园之名，显示了主人虽身在闹市，却心守高洁的志向。

个园之美，在石美、在竹美、在建筑美、在楹联美，在它“春山宜游，夏山宜看，秋山宜登，冬山宜居”的诗情画意。

个园的主人按照顺序布置了春、夏、秋、冬四处假山实景，立意之新颖，用材之精细，让人叹为观止。最可贵的是，这四个季节都不是孤立的个体截然分开，而是自然过渡，浑然天成。整个园景犹如一幅巨大的画卷徐徐展开，美妙、和谐。园内有“宜雨轩”“抱山楼”“拂云亭”“住秋阁”“漏风透月轩”等建筑。四季假山在这些楼台亭阁的映衬下，加之古树名木点缀其间，更显得古朴典雅、幽深雄奇。

竹，是个园的精魄，是个园的灵魂。这里的竹多达几十个品种。在这里观竹，既能获得一次赏心悦目的享受，又能增长见识。

个园里的楹联也是园主人为世人留下的一笔宝贵的文化遗产。

宜雨轩有楹联：“朝宜调琴暮宜鼓瑟，旧雨适至今雨初来”。这副楹联最让人叫绝的是把上联中的“宜”字少写一点，而把这一点挪移到下联中的第二个“雨”上。旧雨、新雨分别指老朋友和新朋友。文字古雅而意味深长，读此联，让我对这位胸襟宽阔的儒商肃然起敬。

何处箫声，醉倚春风弄明月

几痕波影，斜撑老树护幽亭

魏之祯为“壶天自春”题写的这副楹联把个园的风情演绎得

无与伦比。

“十二阑春园”是个园最为精彩的一笔。这里以西墙为依托，用湖石贴成龙形小山，造型别致，酷似姿态各异、形态不同的动物。这些神态各异的动物，不仅为我们传达了春的气息，还在无声地暗示着人们，在欣赏美景的同时，不要忘记了中国园林的渊源。

个园的假山、叠石、建筑、竹子、楹联，处处为我们营造了一个又一个诗情画意的时空，让人回味无穷。同时，它也在解译着主人传递给我们的某种密码，这信息就是弥漫在幽深宅园中百年不散的氤氲书香。

两个世纪过去了。当我置身于这座盐商豪宅中，依然嗅到了

浓浓的墨香，充分感受到了凝聚在主人内心深处的那样一种审美情结和人生理想。

个园主人黄至筠的杰出之处就在于，他是一个具有深厚文化修养的儒商。个园之所以具有如此高的品味和艺术欣赏价值，还与黄至筠非凡的审美情趣和艺术鉴赏力不无关系。黄至筠平生没有其他爱好，就是喜欢绘画，他搜罗了许多名家作品，一有空闲，常常会把名家作品挂在墙壁上，反复临摹。在今天个园抱山楼下的嵌壁石刻上，保存有他当年所画的一幅扇面。扇面中画有树、石、水，远处露出的一只小船上人影伫立。画左题跋：“拟宋人小品，个园黄至筠”，下押一章：“个园画印”。画笔老辣，意境深远，颇有大家之风。

很显然，黄至筠绝非一般的只会做生意的商人。

黄至筠一生中非常重视子女的教育。个园厅堂中的许多楹联，如“传家无别法非耕即读，裕后有良图惟勤与俭”“咬定几句有用书可忘饮食，养成数竿新生竹直似儿孙”，清颂堂的抱柱上有楹联：“几百年人家无非积善，第一等好事只是读书”，主厅汉学堂壁挂“漫研竹露裁唐句，细嚼梅花读晋书”，楠木餐厅有楹联“家余风月四时乐，大义有味是读书”，这些楹联都表现出了黄至筠耕读传家的传统思想以及对子女的殷切期望。他每年都要花重金聘请文坛名宿来家设馆教子，并且每天晚上亲自检查孩子的学习情况，如发现子女学习有不精之处，就会立即派仆人陪着到书房，请老师重新讲解，必须完全领悟，才可以回屋睡觉。十年如一日，从未间断。

优秀的老师，严格的要求，加上子女自身的努力，黄家的四个儿子个个都具有深厚的文学修养，工诗词、善书画，且都有著作流传于世。

长子黄锡庆，字铁庵。为人慷慨好施予，善画花卉。黄至筠在修建长子书楼时，也是颇费一番心思的。为使长子静心研读，他未给书楼修楼梯。拜谒“丛书楼”的时候，导游特意给我卖了一个关子，让我仔细找楼梯。果然，严丝合缝的天花板上哪里觅得见楼梯的踪迹。最终，出园经过“丛书楼”的时候，导游揭开了谜底，长子书房的那个楼梯巧妙地隐于书楼后的一座造型奇秀的假山里。这让人在感慨主人设计上的匠心之巧妙的同时，也体会出主人对子女教育的用心之良苦。

次子黄锡麟，字右原，是四兄弟中的佼佼者。他少年时代在扬州安定书院读书时，就因才华出众治学严谨受到两淮盐运使曾燠的赏识，被介绍给著名学者江藩为弟子。他一生中主要从事的学术工作是“辑佚”，就是辑录散佚的有关资料。黄家藏书非常丰富，他足不出户，潜心钻研，与清代的另一位辑佚学者马国翰被称为“辑佚两大家”。著名学者阮元称其“勤博”。富家子弟能以勤奋博学留名，当属不易。有子如此，不能不归于黄至筠的成功家教。

三子黄锡麒，道光十六年（1836 年）辑并世人诗为《蔗根集》17 卷刊行，内有自撰诗 1 卷。

四子黄锡禧的居所非常简朴，毫无富商大贾的豪华气派。他是黄家最小的孩子，也是黄家最后一个离开祖屋的人。他就如贾宝玉，历经了家业由盛而衰的全过程，晚年寓居泰州。从少年时的锦衣玉食到晚年的寄居他乡，其心路历程怕是旁人难以想象的。他和他的三个哥哥一样能诗善画。

这就是个园。

这就是个园里的人们。

它的历史与著名的“扬州八怪”几乎同时。

主人在营造引人入胜的古典宅院时，巧妙地将人的家居生活与大自然的四时风光融为一体，人园合一，意境深长。同时，主人又将自己的雅趣与高洁的心灵志向寄托其中，让后人在获得一种赏心悦目的审美享受的同时，领略它经久不衰的艺术魅力。

两个世纪过去了。个园内外花开花落，人影交织。风云变幻

中，幽深长远的防火墙的青砖在岁月的无情侵蚀下，早已斑驳；昔日钟鸣鼎食的奢华情景早已远去；“戏如人生，人生如戏”“壶天自春”前的戏台上下几百张鲜活的面孔也早已灰飞烟灭。

当阳光穿过南国的雾霭洒向这座古老的园林时，我们看见的是园内随风摇曳的不老的翠竹，月光下的竹影依然苍绿，不散的是氤氲在庭园的每个角落里的幽幽书香。盖因如此，它不老的美丽和不朽的魅力才会如此耐人寻味。

我 愿

古老的荒原有一棵树
那是你伟岸的身躯
我愿站立你的身边
深情凝望你的树干
抚平你凝结了千年的沧桑
我仰望你遒劲的枝丫，看它们
用温热刺破深夜的寒霜
我多想用我春天般的柔情
把你的厚重、执着与刚毅拥抱

遥远的天边有一片海
那是你博大深邃的情怀
我愿伫立在岸边的海滩
任浪花轻抚我的每一寸肌肤
解读你每一层波浪的低吟浅唱
我愿把双眸最动情的笑意

洒落在你博大的胸膛
和着你在湛蓝的笑窝里
唱着不倦的生命的歌

蓝天穹谷里有一只雄鹰
那是你高傲飞翔的姿态
我愿守望在你投下的身影里
吟诵你在万里长空写下的诗行
我把自己飞翔的梦想
放飞在你的天空
让它高高地托举起你
自由飞翔的翅膀

苍茫的大地上有一条大河
那是你容无数涓涓细流
滚滚东去的气魄
我愿站在岸边的礁石上
欣赏你惊涛拍岸卷起千堆雪的豪情
注视你载着千古风流东去
我愿把自己融入你奔腾不息的热血里
把自己对你的深情
融入你永不干涸的生命里

无论你走到哪里

你澎湃的激情啊

滋养我长满荒草的心田

如血的天边有一片红霞

那是你夕阳中不舍的回眸

我愿化成一弯残月

将你铮铮铁骨的柔情

揽入我多情的怀抱

银杏树

深秋的午后，追赶着西天将沉的残阳，你带我来到了汉阳陵百亩银杏林。姿态颀秀、排列齐整、满树金黄、遍地铺金的银杏林，让我的眼睛瞬间潮湿。

你喜欢这片浩瀚的银杏林。

你喜欢这片林子中的每一棵银杏树。

你喜欢树的亭亭玉立，端庄典雅；你喜欢枝的谨慎舒展；你喜欢她俏也不争春的傲气。

你喜欢这弧度饱满、筋络明晰、色彩惊艳的银杏叶。

小的时候，你也许曾收集过这扇形的小精灵，把她无限珍惜地夹在书本里，小心翼翼地保护她，直到她的生命消失在时光的变迁中。

后来，你也曾多次来过这片浩瀚的林海。你见证了她在生命最美好的季节里向你颤动每一条枝丫上的新的生命，见证了她在月下舞动裙裾向树欣然告别的凄美。

银杏林里，你像个孩子，笑着，跑着。你也曾摇动着树干，任那一树的金色精灵随大西北的朔风一路轻歌曼舞，洒落你满身的金扇雨。你可知道？那是银杏叶唱不尽春秋一世相思曲，舞不断斗转星移万种情啊！

你读得懂叶子。

你读得懂她曾经承载过多少凄风苦雨的洗礼与无情岁月的磨砺；你读得懂她被寒风肆虐枝叶分离的怆痛与酸楚；你读得懂她虽失去青春之色依旧殷实厚重的生命底色。

你弯腰拾起一片金叶，忘情地吮吸着她的芬芳。

这小小的金叶，这多情的金叶，这修炼了千年的妖叶！

她一定把时间和空间计算了很久很久，要不，怎么就会那么巧合，当你来到这片林海时，她会和你相遇？她是要把你当成生命的知己，她蓄了一辈子的知心话要和你诉说，就在这喧嚣纷繁的、物欲横飞的红尘里。她是希望紧贴着你坚实的胸膛，感受彼此的体温，聆听彼此的心跳啊！

她是要在她独行的路上，把你当成灵魂的伴侣啊！

如果有后世。

如果后世生，那么，后世里我愿意化作一棵银杏树，骄傲地站在你所钟情的这片苍凉厚重的黄土地上，就站在这片前不见首，后不见尾的银杏林中，只为与你相遇在深秋的朔风里。

高贵，与贫穷无关

——闪烁着人性之美的《小鞋子》

对伊朗的认识，仅限于高中时代地理课上得到的简单印象——中东国家、沙漠化、石油丰富。

看了伊朗电影《小鞋子》，对这个国家的印象亦渐明朗，对这个国家以及这个国家的普通民众充满了由衷的敬意。

这是一部优秀的儿童影片。故事的情节非常简单，主要讲述了一对小兄妹阿里和莎拉轮流换穿同一双小球鞋上学的故事。

因为小阿里在修鞋店取回妹妹的一双粉红色的小鞋子时，不慎将妹妹仅有的这双鞋子丢失了，为了免除父母的责罚，为了不给父母增添负担，他央求妹妹与他达成协议：妹妹每天上学时穿他的鞋子，放学后再换给他穿着去上学。于是，兄妹俩仅有的这双小球鞋每天就在两个人的脚上交换着。能够找到或者重新拥有一双小鞋子，成了萦绕在兄妹俩心头的一个梦想，这个梦想在两个孩子的心中与日俱增……

故事情节很简单，却能让人泪流满面。

这部电影几年前我看过一遍，那个时候的感觉是感动。今天重看，除了感动，更多的是温暖和震撼。

尤其是影片结束时的那个片段，让我的内心受到了一种强烈的震撼——阿里沮丧地把破烂不堪的小球鞋脱下，无力地扔在地上，把自己因长跑而肿胀的、满是血泡的双脚缓缓浸入圆形的水池里，垂头丧气地坐在边上。这时，池中的小金鱼游离于小阿里的双脚间，似乎在给予这个疲惫的孩子一种抚慰。金色的阳光温暖地照耀着清可见底的水池，一尾尾火红火红的小金鱼无声的、缓缓地围着阿里的双脚游动。无声的画面唯美而宁静。在我看来，这唯美的画面不正是向人们昭示着贫困生活中蕴含着的某种美丽么？这宁静，谁说不是一种幸福呢？人这一辈子，会在很多时刻与心驰神往的美好失之交臂，也许是与占据自己灵魂爱人错过，也许是惨遭不幸，也许是无法与命运抗衡而被动地做出违心的选择。此时，我们是不是有必要像这个小男孩阿里那样，一个人，找一处宁静、温暖而又美好的地方，静静地抱着头坐在那里，无声地舔一舔自己满是血渍的伤口，独自安静地体味伤感的滋味，独自悄悄地感受那种疼痛鞭打心灵的感觉，用豁达、包容来涤荡心灵上的尘埃，坦然地接受因失意、绝望带来的落寞，宁静地与自己的精神家园相守相望。

影片中的多处细节让我动情。

细节一：小阿里的妈妈卧病在床，可她带病为全家洗衣物。阿里的家虽然简陋、贫穷，但异常清洁，甚至连门前的台阶都是纤尘不染。大人、孩子们的鞋子都是脱在台阶下的小院里的。阿里的家境虽然贫穷，但很洁净。

细节二：晚上，阿里的父亲下班回到家中，一边为清真寺分装方糖，一边责怪妻子不该带病洗衣服。这时，小莎拉为父亲送上一杯热茶，母亲歉疚地告诉父亲，家里没有糖了，小莎拉天真地反问父亲："你面前不是有这么多糖么？"父亲严肃地告诉沙拉，这糖不是我们家的，它是清真寺的，我们不能随便享用。父亲的言传身教，在不经意间给孩子们上了一节关于诚信的课。

细节三：兄妹俩为了向父母隐瞒实情，每天在小巷口交换鞋子，莎拉一下课就飞奔回家，穿着大拖鞋的阿里飞快地换上鞋子飞奔去上课。面对气喘吁吁的妹妹，阿里歉疚极了。尽管兄妹俩每天都在竭尽全力奔跑，但阿里还是屡屡迟到。在教学楼的门厅里屡遭教导主任的斥责，甚至被驱逐出校门，阿里无助的双眼饱含着泪水，始终不肯替自己申辩。交换鞋子的细节成了我心中最温暖的一笔，兄妹之间的亲情于无声处拨动着我内心深处最柔软的神经。

细节四：在一次校会上，莎拉无意间发现同校不同班的一个女孩儿脚上的那双粉红色小鞋子就是自己丢失的那双唯一的鞋子。聪慧的莎拉不动声色地接近那个小女孩儿，并在放学后悄悄尾随小女孩儿找到了她的家。随后，又同阿里一道去小女孩儿家索要自己的鞋子。可是，当阿里和莎拉来到小女孩儿的家时，却意外地发现小女孩的父亲是个盲人，家境更为贫困。兄妹俩双目对视，不约而同地放弃了要回鞋子的打算。此处虽无一句台词，但阿里和莎拉的善良、包容却更能深深地打动观众的心。

细节五：放学后的莎拉飞奔在回家的路上，由于鞋子显大，在跨越水渠时，鞋子不慎落入水中，莎拉拼命追赶着鞋子，可由于年幼，也由于水急，她失败了。结果，鞋子卡在了她无论如何也够不着的水中。小莎拉无助地蹲在水边低声哭泣起来，一位素不相识的老人过来，主动帮她把鞋子捞了起来。

细节六：阿里家小院的水龙头下，莎拉嫌阿里的鞋子有些脏，于是，兄妹俩立即动手洗鞋子。阳光下，兄妹俩吹出的一串串肥皂泡闪烁着五彩的光芒。生活的困苦、家庭的贫穷，并没有埋没他们对美的生活的追求与向往，在他们眼中，生活就像是那五彩的肥皂泡那样美好。

细节七：小阿里由于学习刻苦、成绩优异而获得了老师奖励的一支笔。小阿里舍不得用，把这支笔送给了妹妹。这是一枝崭新的、漂亮的笔，莎拉接过笔时，脸上露出了纯真的笑容，阿里看着妹妹的笑脸，也露出了极纯真的笑。此时，这两张稚气的笑脸，让我想起了夏日田野里怒放的、金灿灿的向日葵，一种让人心酸的感动久久萦绕于心。可是，小莎拉为了为哥哥赢得宝贵的时间，在飞奔回家途中意外丢失了那支笔，恰巧被穿着莎拉小鞋子的小女孩儿捡到了，小女孩急切地呼喊莎拉，但这呼喊声很快被周围嘈杂的声音淹没了。第二天一早，小女孩儿特意找到莎拉，这支笔完璧归赵。此时此刻，在这两个小女孩儿身上，人性之美绽放出了奇光异彩。

如果说，以上几处细节处处闪烁的是人性之美的话，那么，影片结尾则展示的是这个贫穷孩子身上的坚韧。

阿里为了给妹妹挣得一双小球鞋，颇费周折参加了市里组织的一个长跑比赛。在临近终点时，阿里被竞争对手撞倒了，他迅速爬起来，奋力向终点跑去。此时的画面变成了慢镜头，音响仅仅是几个孩子挑战身体极限的喘息声。不停歇的脚步、奋力挣扎的喘息声，同背景一道，构成了一幅唯美的画面。

一心想拿季军的阿里（因为季军的奖品是一双漂亮的小球鞋）一不留神拿了冠军。当人们纷纷向小冠军表示祝贺时，阿里抬起的却是一双失望的泪眼。没有人知道他得了冠军为何难过，这双失望的泪眼，犹如一把双刃利剑，刺得人心生生的痛！

一个贫困家庭中的普通孩子，以一种近乎挣扎的方式去实现自己的一个梦想，在他那双清澈、纯真的眸子里，始终闪烁着一种执着的光芒、坚韧的光芒，这光芒一如一道夺目的阳光照亮着他前行的道路，也闪烁着他金子般善良、美好的心地，同时，也具有了震撼人心的力量。

闪烁着人性之美的小鞋子让我蓦然间明白，高贵，其实与贫穷无关。

疲惫心灵的家园

汽车从榆林出发，在高原上的高速公路上行驶了近两个小时。对于我这个从小生活在陕南山区的女子来说，高原风光简直让我到了痴迷的地步。尽管我无数次从电视中领略过高原那深邃、辽阔的自然风光，尽管在车上我已经饱览了高原五月的景色，但一旦真真切切置身于这高原的巨大胸怀之中，精神上仍然感受到了一股从未感受过的巨大的震撼力量！

朋友把我带进了这高原大漠上中国第一大沙漠淡水湖——红碱淖。

一看见这蓝色的大湖，第一感觉便是自己突然变得渺小了。我站在这金色的沙滩上，像个顽皮的孩子，不管不顾地脱掉了鞋袜，忘情地奔向这神奇的蓝色湖水里。我鼓足力气对着波涛起伏的湖面大声呼喊，但是，这呼声没有传出多远就消失了。大湖泊无情地告诉我：你比自己想象的要微小得多。

此时，我感到自己微小的身躯似乎也被融化在这无垠的蓝色之中了。我环顾着这蓝色的世界，高原特有的一种雄浑的力量又一次深深地感染了我，这里的天和陕南的天大不相同，它是那样的洁净，又是那样的湛蓝，那是一种让人感觉不真实的湛蓝。这里的空气是那样的洁净，洁净得让人不忍心大口呼吸；这里的阳光又是那样的明媚，明媚得直让人睁不开眼。仔细瞧那大湖，近处的清可见底，远一点的呈淡蓝色，再远一点的呈深蓝色，更远一点的呈湛蓝色，那蓝色一直向着天边延伸，远远地跟蓝天相接，天水一色，让人分不清哪里是天，哪里是水。再看那湖面，被高原的劲风吹起了一层又一层的波浪，那波浪一层赶着一层，一直涌向岸边那金色的沙滩。这一层又一层的波浪掀起的浪花在阳光的照射下泛起了点点金光，满湖便波光潋滟了，再加上那翩翩起舞着的天鹅，四周连绵起伏的沙丘，更使得这高原大漠中的淡水湖气势磅礴了。

听当地的牧民介绍，这里的夕阳和朝霞更迷人、更绚丽呢！

不知为什么，我总是对蓝色有一种偏爱，我总感觉蓝色中蕴含着生机，体现着宁静与宽容。在过去的视野中，从来还没有出现过这样无边的、神奇的蓝色，在心灵上也从未感受过这高原深蓝色带给自己的如此醉人的清新与安谧。一时间，似乎时与空都凝滞了，在这种境界里，自己的心似乎与造物者的心也产生了某种感应，所有的尘扰俗虑一时涤荡一净，直落下心头的一片空明澄净。长时间以来，我一直肩负着生活与工作的重压，身心总有一种难言的疲惫之感。而此刻，面对着这远离纷扰、远离污染、远离重压的蓝色世界，身心得到了放松，疲惫的心灵仿佛回归到那久违了的亲切的家园。

站在金色的沙滩上，面对这烟波浩渺的大漠湖海，我微微地闭上双眼，任凭高原劲风吹散我的头发、任凭波浪拍打我的双脚，无数次地默念着：愿我们的生活也多一些这样的蓝色吧。

红碱淖让我疲惫的心灵回归宁静的家园。

哺育着生命的温床总是最美的，就像所有孩子眼睛里的母亲那样。这沙漠中的蓝色看上去平和而凝重，深藏着一种内在的美。红碱淖是中国最大的沙漠淡水湖，现已是省级内风景名胜区，地处毛乌素沙漠与鄂尔多斯草原的交汇处，面积 67 平方公里，蓄水 9 亿立方米。如果把这高原上的草原、沙漠比作苍茫的巨人，那么，这红碱淖就是 这巨人精心雕琢的盆景，对此，我又不禁赞叹起独具匠心的大自然来。

敬畏那双手

揭阳淡浦的建筑，与揭阳的历史一样古老、质朴、厚重。

无论是散落在揭阳大地上的德安里、丁日昌故居、揭阳孔庙、城隍庙、双峰寺等文物保护古建筑，还是普通百姓家的寻常巷陌，都构成了别具一格的淡浦风光。这风光，或深邃厚重，或质朴家常。

揭阳市榕城区东兴淡浦文化站，是一座普通的建筑。说它普通，是因为无论是外观，还是建筑内饰，都没有那种让人眼前一亮的效果。它只是一个洁净的小院儿，小院儿的尽头，是一座略显陈旧的办公楼房。

应“全国散文家走潮汕进揭阳学术交流会”主办方之邀，我随来自全国十八个省、市、特别行政区的三十余名作家一起，走进此次活动的协办单位——淡浦文化站。

在这个略显陈旧的办公楼内，我的内心被一股无形的力量深深地震撼了。这使得我此次南行，有了特别的意义。

文化站一楼，有一间活动室。活动室很大，约莫能容纳百余人。房间里处处挂着出自这个文化站成员之手的巨幅字画，除此之外，还有供自己和来客舞文弄墨的巨大书案、笔墨纸砚，有管弦乐器，还有品茶论道的功夫茶具。

它们，为这个普通的场所，平添了不俗的气息。

一踏进这间活动室，整个人，立刻被一股浓浓的文化气息裹挟着。这样的环境，这样的氛围，作家们禁不住当场挥毫泼墨。

来自西安的作家白来勤老师，字迹端庄典雅，字里蕴含的文气和雅致让人赞不绝口；山西垣曲的作家董俊高老师的字遒劲、浑厚、大气，单单从字里就能真切地看出这位作家逼人的才气。

东兴淡浦文化站站长蔡汉顺先生，被亲切地称之为“蔡老爷”。在今年暑假山东淄博的“国际东方散文大赛”颁奖仪式上，我们就已经认识了。也就是在那个时候，我知道，他是揭阳著名的书法家。

这一次，蔡老爷作为本次笔会的东道主，极尽厚道、周全与大气。书案前，蔡老爷气定神闲地看着铺在面前书桌上的宣纸，笔起笔落，舒展流畅、遒劲秀丽，一笔一画都能见到真功夫。

与此同时，书案另一方挥毫泼墨的书法家是蔡老爷族中的蔡姓男子蔡郁瑜。因为他是笔会的后勤工作人员，所以，我去揭阳的第二天就通过他的胸牌牢牢地记住了他的名字。

蔡郁瑜先生的毛笔字力透纸背、刚劲有力，在笔翰如流中透着成熟稳重，在龙飞凤舞中透着潇洒飘逸。蔡先生是在为求墨宝的作家们现场挥毫。蔡郁瑜先生的字，博得作家们一阵热烈的掌声。

就在蔡郁瑜先生为下一位求墨宝的作家铺宣纸、调墨汁的一瞬，我被一双手打动了。

这是蔡郁瑜先生的手。

这双手不像是一双常年习文之人的手，这双手起码是一个年逾四十岁劳作的男子的手，皮肤粗糙，甚至有些黝黑。手指也不是文人墨客般修长、通直，甚至有些佝偻。手背上的青筋隐约可见，像青虫在蜿蜒，又像小溪流纵横交错。蔡郁瑜先生就是用这双手铺宣纸、调墨汁，还是用这双手娴熟地执笔、蘸墨汁、运毛笔。一番笔走龙蛇，顿有一股墨香扑面而来。

我悄悄地站在蔡先生身旁，怔怔看着他那双手。

蔡郁瑜先生坐下喝茶的那个时候，我还在注视他那双手。我在琢磨，这样一双粗糙的手，怎么能书写出有这么深功力的字来?

在我和黑龙江来的黄玉姝大姐坐在椅子上歇息的时候，我又被一阵悠扬动听的扬琴声深深吸引。

这首曲子悠扬流畅，节奏明快活泼，风格清新爽朗，颇富南国情调。循声望去，在活动室的墙边，端立一架扬琴，琴声正是从这架扬琴发出来的。起身来到扬琴旁，我惊讶得说不出话来。

弹琴的汉子，正是刚刚还在为作家们赐墨宝的蔡郁瑜先生。

持琴竹的，还是刚刚写字的那双手。

那双手将琴竹稳稳地持在手中，成半握拳的放松状态，无名指与小指呈自然弯曲状态。他对于我的注视，并不在意，眼看琴面，自然大方。

流畅的旋律从琴弦上流淌出来，像大珠小珠落玉盘，似叮咚山泉出深涧，如一阵清风掠水面。

当时我就想，我要是个画家多好，我会以图画来展现我在这间活动室看到的情景。画面的主体就是这双手，这双粗糙的手，这双能让墨汁散发墨香，能让琴弦拨动人心的双手，是这样让人感到不可思议。

这究竟是怎样的一双手？

我不禁敬畏这双手。

我也是后来才听说他的父母亲都是老师，他从小开始练习书法，在他的家族中，爱好文学的有好几十个人，家族中，从小习字更是普遍。蔡先生本人风雨无阻几十年的锤炼，难怪有硬功的书法绝技。

我不由又想起在蔡氏宗族的一座古民居里，亲眼所见主人屋内墙壁上的书法作品，笔法精致，横撇竖直颇有讲究，细问之下，男主人告诉我们，这是他的小孙女所书。

这幅字竟出自一个小女孩儿稚嫩的手。一个还在祖父母、父母怀里撒娇的十岁女童，习字已三年有余。

我亦敬畏这双幼童的手。

揭阳，广东省著名的历史文化名城，同时，也是沿海富庶之地，商贾云集，三两人围坐，没准其中几人或者全部就是腰缠万贯的富商巨贾。从一个个精通书法、谙悉乐器的蔡郁瑜们身上，从提笔即能泼墨、拨弦已成曲调的蔡汉顺老师身上，从稚气虽还未脱、绝技已初练成的幼童们身上，让我看到了另外一种永恒的富有：

那种植根于揭阳人骨髓里的崇文向善的贵气！

巧手画童年

在我的印象中，麦秆，在我的家乡陕南山区，是作为废料处理的，最大的用途，就是成为冬季为牲口铺圈使用的原材料。这一次，我作为陕西安康市汉滨区“新教育考察团”成员，来到江苏省海门市学习、考察，在海门市德胜中心小学，亲眼目睹了一群小学生以麦秆为材料，制成“中国民间艺术一绝”的精美绝伦的工艺品的全过程。

这一过程，以及这一群孩子，给我的内心带来了极强烈的震撼。

这一群孩子，就是该校“麦秆画社团”的成员。

海门市德胜小学“麦秆画社团”的负责人顾老师给我们介绍，德胜中心小学的“麦秆画社团”成立于2016年，社团成员分别来自于四至五年级的学生，由30余名孩子和6名指导老师组成。社团每周五下午在老师的指导下活动。

11月20日早晨，考察团随该校赵红星校长步入“麦秆画社团”活动室的那一刻，我的目光紧紧地被陈列在室内的一幅幅麦秆画作品吸引了。

这些作品，有花鸟鱼兽类，有自然风光类，还有科幻类。这些画制作精美，色泽明快，神态逼真，给人以一种返璞归真的艺术享受。

活动室中央，是一张偌大的长方形的桌子，桌面上铺着一大块绿色桌布。桌面上摆放的是一捆质朴无华的麦秆，奶油色的糨糊，以及剪刀什么的。围着方桌的，是一群戴着红底大花围裙，戴着同款花色袖套的小学生。这些孩子，正专心致志地埋头做着手工。

社团指导老师王静燕向我们介绍说，这间活动室陈列的作品，全部出自社团的学生之手。

我目不转睛地盯着这一群神情专注的孩子，惊讶得说不出话来。

我一再表示，自己不敢相信这些作品是出自这些孩子之手。王静燕老师自信地指出其中的一个女孩儿："顾思宇，你站起来，给老师们介绍一下吧。"

这个叫做顾思宇的女孩，大大方方站起来，有条有理地一边介绍，一边示范。女孩说，这些画，都是他们社团的同学在王老师的指导下，亲手制作的。

在这个五年级的女孩面前，我完全就是一个无知懵懂的孩童，听了顾思宇同学关于麦秆画制作的简单介绍，我才第一次轻扣"麦秆画"这扇艺术之门。

麦秆画的制作工序十分复杂，整个制作过程全凭孩子们手工完成。孩子们从自己家里拿来自己精心挑选出来的麦秆，先剖开整平，再用熨斗进行熨烫。熨烫时还要分轻重缓急灵活处理，在社团指导老师手把手的指导下，技术上吸收融合国画、版画、剪纸、烙画等诸多艺术手法，使麦秆表面形成深浅不同的层次和变色，之后，再经过剪、裁、印、贴等工序，才能制作出既古朴典雅，又惟妙惟肖、栩栩如生的艺术品。

我对麦秆画社团的孩子们以及他们的作品赞叹不已。

麦秆画社团负责人顾丽琴老师见我对这种艺术品特别感兴趣，主动给我介绍说，麦秆画是始于隋唐时代的宫廷工艺品，是我国古代艺术的一块瑰宝。它和剪纸、布贴同属于剪贴艺术，是民间艺术的一种形式，有“中国民间艺术一绝”的美称。

顾老师还告诉我说，他们学校成立“麦秆画社团”的初衷，是希望通过这种方式，唤醒孩子们内心的环保意识。因为，这些原材料，都是发动孩子们从自己家里拿来的。想不到，孩子们的创造力、动手能力和想象力，完全超出了老师的估计，孩子们对麦秆画的兴趣被调动起来后，收到的效果，完全是意想不到的。

我留恋于这间不大的社团活动室，望着眼前这一群孩子们，赞叹着一幅幅栩栩如生的麦秆画，如同走进了一个艺术圣殿。我欣赏着，赞叹着。

顾老师还自豪地给我们介绍说，就在上周末，来自新西兰的罗宾·巴克斯博士到学校来参观，对孩子们制作的麦秆画赞不绝口，还说，要把这种艺术品带回自己的祖国。

竹

菊

是的，只有民族的，才是世界的。

在顾老师的鼓励下，孩子们为我和来自红旗小学的杨运菊老师当场制作一个小书签。

尹天奕和顾思宇两个孩子从容不迫地剖秆、熨烫、裁剪、上色、粘贴，仅仅二十分钟左右，最卑微、最朴素的麦秆，居然就在我们目不转睛的惊叹下，一气呵成了。

孩子们又在指导老师的指导下，在书签的背面，工工整整地写下：

亲爱的袁老师：

祝福您身体健康，万事如意！

德小：尹天奕

我无比珍爱地将书签夹在我的讲义夹中。

我收获了此次考察最珍贵的礼物。

我久久凝视这张书签，除了感动，还有激动。

这枚出自德胜中心小学孩子之手的书签，必定是孩子发自内心深处的生命艺术。我想，孩子们用这样的方式，用自己的巧手画出来的，不光是自己美好的童年，更是体现了孩子们超乎绝伦的辛勤和智慧，它所承载的，应该是中华传统文化的内涵，传承与创新。

胜似母女

一

一天，接到远在省城西安的儿媳打来的电话，说，自己和鹏鹏（儿子乳名）刚刚从医院看完医生出来，因为身体不适，想听听妈妈的声音。

电话的这一头，我心里一紧，紧张得连说话的声调都变了。

“妈，我没事儿的，就是这会儿特别想听听你说话的声音。”

“妈，她真的没事，她就是想听听你说话的声音。马上休五一假了，我们计划回安康，回家看看。”儿子这样强调。

儿子的声音里带着笑意，儿媳的声音里含着撒娇的亲昵。

电话的这一头，我笑了。

几天后，儿子一个人利用短暂的假期回安康。儿媳身体微恙，儿子心疼媳妇儿，怕她旅途劳顿，水土不服。

儿子向我复述了那天打电话的情景。

他俩从医院出来，儿媳要儿子帮她把电话从包里拿出来，想给妈打个电话，想听听妈妈的声音。起初，儿子以为是给丈母娘打，结果，通话接近尾声时，手机被传递到儿子手中，方才知道，这个电话，是打给我的。

听完儿子的叙述，我的内心里，瞬间涌起一股清纯、柔美的感动。

我心里知道，儿媳这么向我撒娇，分明意味着孩子对我这个婆婆产生了亲近感和信任感。

是的，这样撒娇，是一种宝贵的亲近感与信任感。

我想，能够让我和儿媳亲近的，就因为我是个母亲。对于母亲这个称谓，我和儿媳都有着最深切的眷恋，还有最强烈的共同认知。所以，我这个婆婆非常幸福地被儿媳亲近、信赖。

二

有人说，婆媳是一对天敌，水火难容。

有人说，婆媳是一对没有血缘关系的母女，胜似母女。

两种说法，都是对的。

前者，是把儿媳当成了夺走自己养育了二十多年儿子的敌人，心怀敌意。

后者，是把儿媳当成了给予儿子一个幸福家庭和美好爱情的恩人，心存感恩。

三

儿媳是陕西广播电视台的名主播，因为工作关系，常常去外地出差。

每到一个地方，孩子总是在办完公事之后，特意购买当地的特产，不辞劳苦带回西安，再通过快递给我寄回来。

近到天津的大麻花、上海城隍庙的茴香豆，稍远一点的香港红心月饼，再远一点的日本的抹茶糕点，更远一些的埃及的椰枣。

孩子心细，每逢我的生日，或是三八妇女节，我总会收到孩子寄回来的香水、口红、肩颈按摩仪、钢笔、永生花、眼部按摩仪之类。

每逢换季，孩子总会悄无声息地按照我的穿衣风格和尺码，给我买回四季衣物以及鞋子。

同事们一看见我穿出时尚的衣服，很容易就猜出，一准儿是我儿媳买的。她们都说，非常羡慕我有一个好儿媳。

我由衷地笑。我觉得自己是世界上最幸福的婆婆。

四

和儿子儿媳一起出去吃饭，为了照顾我们的口味，儿媳选择了一家非常正宗的兰州牛肉面馆。

足量的优质牛肉面，还要配上两大盘牛肉，几样凉拌小菜。

饭菜上齐后，非要等到我和她爸爸先动筷，自己这才动筷。并不先给自己碗里夹菜，而是一个劲儿地往她爸爸碗里、我的碗里、儿子的碗里夹肉夹菜。

等到我们实在是吃不下去的时候，推开自己才吃了少半碗拉面的碗，站起来把剩下的牛肉夹几片放在纸巾上，要我们等她一会儿，她去去就回来接着吃面。

原来，我们进店的时候，孩子在面馆门口看见一只流浪小狗，那只小狗仅仅一尺多长，冻得瑟瑟发抖。

此时，在寒冷的西安闹市，那家有名的面馆里，我忽然想起一个研究心理学的同事跟我说过，喜欢动物的人，是善良的、有爱心的人。

儿媳同情那只流浪小狗，在她自己，可能就是很寻常的小事情，可是我看见的是孩子善良的本性，还有孩子内外兼修的美丽。

五

“妈，妈。”儿媳每次这样亲昵地叫我的时候，都像一泓甘泉在我心底里最深最柔的地方流淌。

我知道，我是幸运的，更是幸福的。以至于每一个清晨，我从睡眠中睁开双眼，就有一种幸福感，这种幸福感荡漾在我的全身。因为我深深地知道，并不是所有的婆婆都像我这样幸福。

我甚至想，我是一个平凡的女子，我有何能何德拥有这样一个善良的、才貌双全的儿媳？

也许，我不是一个好妻子，不是一个好朋友，但我相信，我相信我会是一个好婆婆。

我坚信，在未来的岁月里，我和我的儿媳经过光阴的洗礼，经过亲情的浸润，我们不是母女，胜似母女。

因为，美好的婆媳关系，从来都是用善良，用感恩，用爱心来经营的。

后　记

古镇蜀河就是一个巨大的生命体。

它有表情、有性格、也有精神。

要看蜀河古镇的表情只需要看它的外在就行，可要了解这座古镇的性格、精神，就需要深入、需要时间、需要仔细体味和感觉。

城市化进程的脚步，越来越快。到处是拉大的城市骨架，到处是密密麻麻的钢筋水泥森林，满眼是泛滥成灾的花花绿绿的广告牌、霓虹灯，浮躁的病毒在不断地侵蚀着城市，侵蚀着人心。浮躁，使人心失去了沉着、淡定，甚至还有理智。

其实，人心是可以安静下来的。

《水经注》有曰：

> “汉水又东，左得育溪、兴晋、旬阳二县，分界于是谷。汉水又东合甲水口，水出秦岭。”

育溪、兴晋皆蜀河的早期称谓。对于从未到过陕南、从未见过汉水的山外人来说，很难想象，这发源于秦岭山中的汉水，是怎样一路高歌三千里，在武汉与长江胜利会师；很难想象，汉水上游的滨江古镇蜀河是如何报道着时代发展的痕迹，呈现出人类文明进步的图景；很难想象，在陕西这片皇天后土上，还有这么一个兼具北方之粗犷、南国之灵秀，藏在深山人未识的江边古镇；也很难想象，在这座古镇里，居然会有天方夜谭般的夜不闭户、路不拾遗、主人出门好几天门不上锁的习惯。

在这里，既可以感受到汉族汉王朝、汉语汉文化与汉江有着渊源的联系，又可以感受得到蜀河的美。

蜀河之美，美在它青石板铺就的幽深小巷；美在它无污染的一江碧水；美在它保存完好的明清时代的民居、会馆；美在它高高的防火墙头一株株随风摇曳的野草；美在它每一年的正月里民间活动烧狮子。

事实上，一旦走进这样一个安静的江边小镇里，人的内心就会立即变得安静下来，就会感到一种令人陶醉的幽静，就会让人亲身感受这里夜不闭户、门不上锁的民风。

我想，这就是蜀河的性格。